T0178875

La ilusión de los mamíferos

La ilusión de los mamíferos

JULIÁN LÓPEZ

LITERATURA RANDOM HOUSE

Papel certificado por el Forest Stewardship Council®

Primera edición: julio de 2020

© 2018, Julián López
© 2018, Penguin Random House Grupo Editorial, S.A., Buenos Aires
© 2020, Penguin Random House Grupo Editorial, S.A.U., Barcelona

Printed in Spain – Impreso en España

ISBN: 978-84-397-3720-9
Depósito legal: B-7.842-2020

Impreso en Egedsa
Sabadell (Barcelona)

RH 3 7 2 0 9

Penguin
Random House
Grupo Editorial

No soy un oficinista.

No voy a aprovechar mi hora de almuerzo al sol, al aire libre, ni voy a abrir un táper para comer esa porción de tarta que fue una promesa modesta. durante la mañana de trabajo.

No soy un oficinista, me voy a sentar acá, en esta escalinata, voy a apoyar la mochila al lado de los pies, en el escalón de abajo, en medio de las manchas de verdín y el gris del adoquinado de los escalones que fugan hacia las salidas de esta plaza seca. Esmeralda y Rivadavia.

No voy a aprovechar mi hora de almuerzo, voy a sentarme acá, solo, en medio de esta pequeña multitud de oficinistas y voy a mantenerme a raya, no voy a tratar de descubrir qué pasa, ni siquiera a mí, a ninguno de los cuerpos que estén a mi alrededor, voy a descontar que todos estamos tramitando algo, cómo poner el cuerpo al tiempo que nos queda, cómo pasarlo, cómo dejar que nos guíe la deriva, la porfía por entender, las ganas.

Voy a sentarme acá, en el verde escondido de la Buenos Aires imperiosa.

No soy un oficinista.

Voy a almorzar solo, frente a vos, en esta plaza.

Una mañana escuchábamos un disco de Rickie Lee Jones mientras yo hacía no sé qué cosa de limpiar y vos leías no sé qué cosa o dejabas de leer para mirar por la ventana. A veces decíamos que el acto de leer era más el momento de abandonar el libro que el de abrazarlo y te confesé orgulloso que el que más me había impactado alguna vez era el mismo que había dejado sin terminar, abandonado en una cesta insólita y casual al costado de una ruta, prendido por combustión espontánea, incinerando su materialidad para siempre. No temo a la angustia, que otros terminen, que otros encadenen un libro al próximo y nunca sientan la sed que desahucia ni se pierdan nada. Yo voy a dejar todas las ventanas abiertas, que la casa se vuele desde adentro y dé la bienvenida al tornado. Que siempre falten páginas.

Pero esa mañana mientras hacíamos no sé qué cosas, escuchábamos un mal disco de Rickie Lee Jones y nuestro amor era sorprendente: de pronto nos encontrábamos mirando el mismo punto y asociábamos lo mismo en el mismo instante. Después de esos choques fabulosos nos quedábamos sonriendo durante toda la semana.

Habíamos hablado ya de ese mal disco: es un mal disco de Rickie Lee Jones, habíamos dicho, pero en medio de una canción particular vos soltaste: ¿ves qué mala?, y yo dije, en el mismo medio de la misma canción: qué buena.

Mi biblioteca es un hogar de expósitos, un asilo de abandonados y menesterosos, pero así de bruto y todo pude leer un sinfín de incomodidades que esa mañana se revelaron en la historia de nuestra civilización. Pero qué pareja de hombres que se ven solo los domingos no se hace con el viento del desierto soplando arena sobre los ojos. De nuestros primeros encuentros la incomodidad era lo exclusivo y aun así vos me seguías desnudando.

¿Cuánto tardaste en probarme, cuánto tardaste en abrir la boca y buscarme la entrepierna, cuánto tardé en dejar de pretender no incomodarte y quebrar la cintura como un gato loco para que me vieras? ¿Cuántas veces abríamos los ojos por el susto en medio de la caída libre antes de que coger fuera la llegada laxa y violenta a la superficie con los tientos del paracaídas tensos por el viento?

Nuestro amor fue la incomodidad. Pero esa mañana del disco de Rickie Lee Jones hubiera querido haber sido prolijo y repasar mi biblioteca con la serenidad de un padre burgués y responsable.

Había algo en mis palabras que hacía que te quedaras callado, mirándome con los ojos calmos o dejándolos caer sobre la mesa, una señal para que continuara. A veces me aprovechaba de esa solvencia y dejaba que escaparan de mí las oraciones gráciles y densas que te salpicaban de fascinación. Ballenas francas respirando, ballenas francas estrellándose contra el agua del océano frío, ballenas francas perdiéndose en lo hondo de una conciencia que debe vivir sin saber de su propia existencia ni la de sus innumerables compañeros de encarne. A veces te conquistaba con chismes más o menos elegantes, la muerte casi inadvertida de Maria Falconetti en Buenos Aires, la verdad sobre el vestuario de la Dietrich, tan sofisticado en las fotos y tan modesto para los que veían de cerca el espesor de esos géneros. Otras veces te admiraba mi afición por las estrellas locales, mi amor por la Marshall y la Picchio, por Breve cielo y las otras películas de Kohon, mi estampita escondida en el revés de la puerta del armario: un primerísimo primer plano de Nelly Láinez con peluca, mordiendo el tallo de una rosa.

Supongo que no estaba mal que nuestros primeros encuentros fueran así, un modo de pasar revista a la construcción de mi propio imperio, el imperio de una soledad llena de imágenes, llena del misticismo del que se obliga al silencio. Después de esas sesiones, en las que te mostraba mi colección de signos como si fueran el título de una propiedad en los confines, me quedaba la semana entera para relamerme como un elefante de mar, descansando el cuerpo en la charca salada para cicatrizar las heridas.

Yo hablaba como un mesías ante un puñado de gente decidida a no pensar, hablaba como alguien capaz de hacer un recuento minucioso de grados, minutos y segundos de recorrido en la elíptica de los astros alrededor del Sol. Las primeras veces vos llenabas los bolsillos y te ibas, yo salía al balcón para verte caminando como en un zigzag loco, algunas te dabas vuelta y levantabas la vista para mirarme, parado junto a la baranda, haciéndole la venia a la melancolía y a su tropa, que llegaba cuando me quedaba exhausto y vos te ibas a mojar otro cuerpo.

Todavía no sé qué hice, todavía no sé qué dejé de hacer para que eligieras, en un momento, que los domingos iban a ser para mí y que todas las salpicaduras iban a ser mi fiesta.

Jugábamos a hacer rodar muy lentamente un pomelo en el aire, sostenido apenas por palitos chinos clavados a los costados. Poníamos detrás el velador, una cápsula metalizada de la que asomaba la bombita blanca como un sol en el cielo oscurecido de su cuarto.

Creo que nunca logramos el efecto de un amanecer sobre la piel porosa de la fruta, creo que siempre se nos acalambraba la muñeca y nuestro planeta amargo caía en un agujero de negro desencanto. Pero a él se le tensaba la piel sobre los músculos flacos del brazo y era alegre, un entusiasta explorador del espacio sideral entre su cama abajo y la cama de su hermano por arriba, enfrente de mí, tímido y curioso de un modo tan desaforado.

Creo que esa fue la primera vez que me enamoré y desde entonces ese fue el signo, un zodíaco completo bajo el amparo venusino: la soledad de una empresa secreta, llena de imaginación y de ingenuidad, llena de alegría y de miedo.

Mucho antes de que empezara a mirarme con desconfianza, mucho antes de que la vergüenza se convirtiera en una religión a la que estaba obligado por naturaleza, mi cuerpo sabía bien cómo moverse, mucho más determinados y traslúcidos que los ojos, mis pies tomaban la dirección de mis amigos. Los ojos pueden ocultar, o participar con una encantadora corte de mohines de ese ocultamiento, pero es difícil que los pies, que son tan bobos, desoigan su impulso o sepan mentir con solvencia.

Mucho antes de que apareciera yo, mi cuerpo ya sabía todo de mí y la falta de pudor despuntaba solo en la intimidad de un cuarto, solo cuando no hubiese nadie cerca, solo cuando el cansancio o la comodidad aflojaran las aduanas en los pasos fronterizos de la vida cotidiana.

Solo ahí, esa primera vez, pude sacarme la polera de algodón con la que todos los inviernos mis padres me cuidaban del frío, hasta que el frío fue una estación permanente.

Solamente ahí pude quedarme quieto por si me miraba.

Pero esa vez, por gracia, había un pomelo fragante y había palitos chinos y había un sol mecánico y había penumbra en su cuarto. Y yo me encontré por primera vez con alguien que sin pretensiones y sin afectación fabricó un amanecer con lo poco que tenía.

Rojo. Las camperas, los suéters, todo en esos años era rojo, una foto gris, o todas las combinaciones del blanco y negro pero con pompones rojos, con manchas rojas, como pequeñas motas del siga la línea de puntos para construir el dibujo final de esa época.

Lo que veo es un fondo gris con manchas rojas.

No es verdad mi recuerdo, mi memoria no es verdad. En el marco blanco de las fotos de entonces estaban impresas, en caracteres casi inadvertidos, las pruebas de color de Kodak, el revelado de la vida en esos años ya hacía mucho era en colores pero a mis imágenes sin marco vuelve solamente el rojo, como si todas las notas en la ropa de los niños hubiesen sido solamente rojas.

Primera Junta gris con camperas rojas, caminatas de domingo a la mañana, de la mano de mi padre, temprano, en la época en la que Buenos Aires guardaba silencio y calles abiertas en completa soledad el primer día de la semana. Primera Junta y el subte A, yo siempre quería paseos en los trenes bajo tierra, siempre quería esos herrajes antiguos, el molinete de madera que me quedaba demasiado alto, siempre quería ese olor de un encierro con grasa de motores en el hueco de casi un siglo, un túnel de pasado deslumbrante. Pero a veces mi papá ni siquiera me decía que no, cuando yo pedía, tan imperativo como puede ser un chico tímido incluso hasta con su padre; mi viejo seguía caminando y seguía tomándome de la mano, tranquilo y en silencio, mirando al frente, desoyéndome.

Yo entonces entendía que él me demandaba mayor humildad y mayor cuidado, su no respuesta, la contundencia de esa manera de responderme, parecía decirme que con mis aspiraciones de otra cosa no era capaz de disfrutar de esa nada: una caminata por las veredas anchas de Primera Junta, en el silencio soleado de las mañanas de domingo, un momento que él buscaba para que estuviéramos juntos, solos, aprendiendo cosas nada más por caminar y dar nuestros buenos días a los vecinos desconocidos que muy temprano salían a comprar el pan.

Una foto gris, con marco blanco, moteada de rojo. Y silencio.

Había perdido ese recuerdo y me parece que empecé a reconstruirlo junto con otros olvidos que aparecieron después de vos, después de que dejamos de vernos, una grieta por la que empezaron a filtrar los ríos que habían quedado estancados, demasiado contenidos.

Ahora me gustaría estudiarle el gesto, entender qué me decía, no puedo verle bien la cara en ese recuerdo, como si nunca me hubiera hablado de frente y hubiésemos estado siempre caminando por las calles del barrio mirando hacia adelante con la certeza de la compañía pero sin mirarnos.

También entonces tuve un amigo que vivía en Primera Junta, en el edificio de El Hogar Obrero,

Hidalgo y Rivadavia, un edificio enorme inaugurado en el 55 por una cooperativa socialista de principios de siglo xx que para cuando mis padres nos compraban la ropa ya se había convertido en una especie de shopping que lo reunía todo: "vivienda, crédito y consumo", artículos de bazar, discos, electrodomésticos, ropa de colegio, zapatillas, préstamos cada vez más usurarios. El Hogar Obrero era una tradición argentina que se estaba traicionando, o tal vez estuviera obedeciendo al destino común de toda tradición argentina; conservaba el nombre eso sí, un eslogan que para entonces ya entraba en la categoría nacional de tiro al obrero. Arriba tenía una mole de cemento que le pertenecía, un gran edificio de departamentos que era modelo de diseño y en el que vivía ese amigo temporario que apareció de pronto en las imágenes de los recuerdos que empezaron a asaltarme. Quizá todo lo que apareció de memoria vinculado a ese amigo sea una construcción difusa, mentirosa, una estructura de imágenes que probablemente no sea cierta y se haya erigido solamente para acompañar lo que sí recuerdo de ese amigo que vivía en El Hogar Obrero, en uno de esos departamentos que parecía siempre desordenado; si queríamos jugar teníamos que sacar el canasto de la ropa sucia que ponían en el hall que había entre el living y los dos cuartos, o las cajas con carpetas y papeles a los pies de la biblioteca que entorpecían nuestras carreras de Matchbox. Para nuestros planes ahí, en los ratos de la tarde en los que nos quedábamos solos, teníamos que ser trashumantes, cargar bártulos de un lugar a otro antes de disponer el plan que habíamos diseñado. Algunas tardes de especial modorra nos sentábamos sobre el parquet y nos quedábamos hablando, apoyados contra las puertas del ropero de su cuarto, moviendo las manos para reafirmar lo que decíamos, serios o con la ansiedad entusiasmada del chiste, de la ocurrencia.

A partir de esas escenas comencé a desplegar lo que más tarde sería uno de los placeres máximos de mi primera juventud, algo que superaba al placer de algunas comidas e incluso fue un placer mayor que el del sexo, o tal vez una de sus formas menos exigentes y más fecundas: la conversación.

No mucho después de ese tiempo de las fotos grises con motas rojas tuve un amigo con el que desplegábamos largas intervenciones llenas de párrafos, supongo que éramos demasiado jóvenes para el whisky y los cigarros, pero el arte de la charla nos permitía meternos en el campo del deseo. Creo que nos conocimos en uno de esos campamentos del club Ferro, esas comitivas voluntariosas en las que hacen formar a los chicos en uniforme deportivo y en silencio, en largas filas de a dos, esas comitivas que preparan a los menores para una vida llena de optimismo, ¡qué depresión!, un fascismo ligero y constructivo que nunca fui capaz de enfrentar, ni siquiera debido a una cobardía notable, mi manera de protegerme del régimen era la pereza, una supraideología que supongo que es la que sostuvo y sostiene mis decisiones más pretendidamente insurgentes.

Seguro que nos habremos cruzado en una de esas huidas miserables, nos habremos reconocido el gesto desesperado de los desertores, miedo atrás, miedo adelante y las piernas mintiendo pasos largos y calculados, despavoridas. Nos habremos escapado en una de esas tardes de lluvia en la que los adalides implementaban estrategias bajo techo para contener a la manada, juegos de mesa en un salón común que acorrala a los que no pueden más que quedarse ensimismados a practicar su incompetencia, su inadecuación.

En alguno de esos rincones nos habremos encontrado, pequeños ratones de un laboratorio deportivo, y habremos empezado a conversar, a internarnos primero en la desmesura, a probar la delectación de la mentira, la construcción de una mentira sagaz sostenida por la verdad de un anhelo apasionado, la verdad de un espíritu inflamado, la verdad de la hipérbole como antídoto a la exasperante quietud de ese tiempo en que la adultez era una promesa de aventura que tardaba demasiado. Creo que ni siquiera recuerdo el nombre de ese amistoso contrincante, aunque identifico perfectamente la marca de largada, el momento en que nos enfrentamos a la pista que se abría ante nosotros —un tramo que íbamos a marcar con el filo de nuestras intervenciones— y el disparo inicial de cuando empezamos a hablar, fascinados, agradecidos. Supongo que los dos percibimos que esa conversación que se iniciaba nos dejaba en un lugar distinto, el sitio de los que descubren que la noche es tiempo pero también es espacio, un cubículo que uno empieza a transitar con mayor entusiasmo por la oscuridad, el dispositivo que te saca de la infancia. Recuerdo la conciencia de que era necesario preservar la nocturnidad de la conversación, preservarla incluso de la sorpresa que nos provocó el fenómeno mismo, preservarla de cualquier palabra que diera cuenta de su existencia y pudiera desvitalizarla, obligarla a participar del universo estrecho en el que todavía nos movíamos.

Había algo notable en nuestras conversaciones seguramente absurdas: los pozos mudos en los que caíamos, al principio llenos de la ansiedad del que quiere salvarse del ahogo, y que fuimos conquistando con destreza creciente. De las charlas con ese amigo aprendí que el silencio puede ser sexy y no solamente el modo en que mi padre se manifestaba cuando se decepcionaba de mí. Suspender las palabras era un arma que empezaba a templar con paciencia: prorrumpir juntos para dedicarnos a vagar por esos salones helados, como si hubiésemos podido caminar sin angustia por las habitaciones gigantes, abandonadas, inminentes y grises, llenas de goteras y ganadas por parásitos vegetales de las películas de Tarkovsky.

Muchos años más tarde estuve con alguien con quien no teníamos qué decirnos, esa relación fue honesta, llena de intención y de compromiso, los dos tratábamos de tender puentes sobre océanos distintos, puentes que pronto se deshacían amablemente. Sin embargo, hubo un momento prodigioso o una serie pequeña de esos momentos: nos llamábamos por teléfono, cuando los teléfonos eran parte del mobiliario quieto y esperaban el ring sobre una mesita con un anotador y un lápiz al lado. No recuerdo exactamente cuántas veces fueron, ¿tres?, dos tal vez, larguísimas charlas en las que uno llamaba y el que atendía, después de decir hola y escuchar la voz del otro lado de la línea, tomaba una respiración profunda y ese era el lapso que nos dábamos para sentarnos tranquilos y cómodos porque se avecinaba una larga charla de silencio. Recuerdo esas conversaciones nocturnas con la emoción con la que a veces uno mira las escenas que no le pertenecen: el tornero concentrado en su trabajo, la taxista que fuma y maneja entre gestos vindicativos de un diálogo privado, la enfermera que espera el colectivo, tarde en la noche, con esas zapatillas que no hay modo de que la protejan del frío, la chica que pedalea y llora, la puerta que se abre en una casa en la vereda por la que uno camina y muestra una estampa ajena pero entrañable, desesperante. Recuerdo esos larguísimos parlamentos de un silencio sostenido nada más por el deleite de saber que estábamos respirando juntos, no teníamos nada para decir, o lo que nos contábamos nos aburría y nos alejaba, pero igual queríamos estar.

¿Fueron tres, dos veces las que llamé o las que el teléfono sonó? ¿Una sola inolvidable?

Después de eso volvimos a vernos una vez más, nos encontramos en un bar, elegí uno sobre Felipe Vallese, antes de llegar a Rojas, un bar enorme de gallegos, de puertas de madera y vidrio y paredes de azulejos. Esa vez también estuvimos mudos, en un momento sonreí y se me llenaron los ojos de lágrimas, fue un encuentro corto, terminamos el café de esas tazas chicas de loza blanca y una línea verde, no hablamos tampoco, pero ese silencio fue distinto, como si de verdad hubiese estado vacío. Pagamos y nos fuimos, no nos vimos más, supongo que nos habremos ido con el sabor ácido del café porteño de los bares que entonces resistían.

Hace unos meses pasé caminando por Felipe Vallese, una calle tranquila de Caballito a la que le construyeron unas torres gemelas enormes, un barrio de casas bajas con dos centinelas gigantes que se consumen toda el agua, toda la vista, todo el cielo del barrio. En el lugar donde estaba el bar ahora hay un local pintado de verde oscuro, con luces bajas y focales sobre mesas de madera también oscura, donde hombres barbados sirven cerveza artesanal. Ahora todos los hombres portan barbas, todos hacen cerveza casera en alambiques en el fondo de su casa, como si el mismo mercado buscara sus alternativas para curarse de una vez por todas de la intoxicación que nos dejó el veneno en el que convirtieron a la Quilmes.

Muy cerca de ahí, muchos años antes, me había quedado a dormir un sábado en la casa de mi amigo. Cuando despertamos la luz del invierno era perfecta, el aire era tan lúcido que las cosas se recortaban más brillantes. Sería la mañana en ese departamento, había algo novedoso en cómo se presentaban las cosas a través de la claridad que llegaba desde la ventana de ese cuarto. Cuando mi amigo se despertó me llamó e inmediatamente empezó a vestirse y me ordenó que hiciera lo mismo. Obedecí sin dudar, con la remera al revés y el pulóver mal encajado lo seguí cuando salió del cuarto en puntas de pie, cuando abrió la puerta del departamento y sin hacer el más mínimo ruido me hizo señas para que saliera. Fui detrás de él cuando empezó a correr por los pasillos larguísimos de El Hogar Obrero para subir la escalera hasta llegar a la terraza, después de atravesar una sala enorme con un montón de piletas para lavar la ropa y restos de jabones blancos secos en las jaboneras se abría el edificio a lo más alto, como un estadio lunar, gigante, áspero, lleno de vacío y de promesa.

Yo seguía a mi amigo que corría veloz rumbo a una de las barandas como dispuesto a volar porque esa mañana espléndida y fría y luminosa era un punto máximo de la experiencia y valía la pena atesorarla aunque fuera con el riesgo de un salto mortal. Pero el amigo llegó a la baranda y se detuvo, se agarró fuerte con las dos manos y se dio vuelta para verme llegar tan agitado como él, que con palabras entrecortadas dijo: no tiene que aparecer ni una sola nube. Me puse a escudriñar el cielo de inmediato, a buscar aun escondido entre los edificios más lejanos cualquier cúmulo que pudiera nublarnos. Girábamos la cabeza para mirar todo el cielo que podíamos alrededor de la terraza y cuando dimos la vuelta completa y ninguno había encontrado ni la nube más insignificante mi amigo miró hacia el este y volvió a hablar: en los días claros como hoy se puede ver Montevideo.

Esa mañana aguantamos el frío tanto como pudimos y gritamos Tierra varias veces desde nuestra carabela aun cuando estoy casi seguro de que no llegamos a distinguir nada de nada. Poco tiempo después dejamos de vernos porque él se tuvo que mudar a los monoblocks de Villa Lugano con su familia; su imagen corriendo en la terraza nunca dejó de acompañarme.

No sé si entendí bien, o si me pareció que de verdad era posible que en el horizonte se dibujara el perfil montevideano, pero esa mañana de invierno mi amigo me invitó a ver la costa más lejana. Creo que fue ahí mismo que entendí algo de la urgencia, de la invitación y del deseo, algo de correr al sol frente al vacío, algo del riesgo mortal para lograr estar vivo.

Bueno, no fui yo, yo no suelo entender, fue mi cuerpo, mi cuerpo comprendió la urgencia.

Era domingo.

Bastianstrasse en la luz esmerilada de una nube que se va apagando, el anochecer se posa lento en esta calle, aunque todavía sea temprano y la tarde ceda a la penumbra territorios que le pertenecen. En la peluquería de mitad de cuadra brillan también esmerilados los tubos fluorescentes y asumo que las tijeras recortan pelo negro y las rasuradoras marcan dibujos impecables en las nucas. Del negocio de cigarros y petacas que está enfrente sale una luz más amarilla, más cálida: la clase media no se rinde.

Era quedarme en el balcón escuchando Mina en repeat y tomando whisky y mirando la copa de los paraísos para siempre, triste para siempre, o tomarme un avión para sacudirme.

Bastianstrasse en la luz esmerilada, en la voluntad de un yo demasiado convencido de su historia y de su línea narrativa. En la apuesta por una estrategia de normalidad pasmosa: volar muy lejos como si fuera posible olvidar; la distancia como recurso para dejar atrás lo que uno lleva consigo hasta que puede soltarlo.

Pero en la luz de Bastianstrasse, después de la reunión en casa de Tatiana y Tamara, se me revela una campera color rubí como una piedra preciosa que cambia la luz, un poco. Es el corazón de la Tierra que palpita, el agalma.

Bastianstrasse. Wedding. Berlín.

Acabo de llegar. No soy un extraño.

Durante nuestros domingos yo quedaba en suspensión y tenía la mejor versión de mí: estar con vos fue eso, una manera de ser que me gustaba, me resultaba liviana y también un poco dramática y también un poco original, un poco lógica. En todo caso lo que más me gustó de mí alguna vez era esa posibilidad de ser de una manera menos contundente, en todo caso, descansar sobre tus ingles era una naturaleza comprensible para mí y no el abismo que se abre cuando uno se enfrenta al edificio imponente del atardecer.

Estar juntos era nadar contra la corriente caudalosa que necesita que todos sean sí mismos, que todos se conozcan a sí mismos y se mediten y se analicen y se cuestionen. Qué aburrimiento mortal ser uno mismo, quién podría preferir la ilusión de conocerse a la posibilidad de que ese conocimiento o esa confusión vengan de la ciénaga oscurísima del choque con un otro. Qué absurdo.

Las noches de los primeros encuentros se me hacían arduas, ¿qué debo hacer?, me torturaba todo el tiempo y el cuerpo se me quedaba rehén de la obediencia a no incomodarte. Creo que esa fue la manera en que me percibí en cuanto al amor casi siempre, capaz de contrariar al que se acercara, de convencerlo de los beneficios de una abstención absoluta.

Pasábamos largos ratos en la oscuridad apenas iluminada por un velador en el cuarto contiguo, la respiración rítmica y los ojos que evitaban encontrarse. Habíamos acumulado no sé qué cantidad de bytes antes de vernos, una chorrera de correos en los que desplegábamos el espíritu lleno de curiosidad e interés y en los que se te escapaba una ansiedad por ir un poco más allá, que a la vez retenías con verdadero estilo. Yo trataba en vano de controlarme, intentaba no exagerar el juego de las cartas que portan una ambigüedad que no tiene sentido entre dos que apenas se conocen, me resultaba muy difícil no pasar a un urgente modo de espera después de haberte respondido, después de haber apretado enviar.

Las primeras veces fueron gentiles y fatigosas, parecía que no terminábamos de encarnar y que tomar vino era la principal razón por la que nos encontrábamos, la excusa con la que enmascarábamos nuestras ganas de vernos, de estar cerca. Qué hermosura el alcohol.

Una de esas noches me pareció registrar que estabas más presente y que aun en la semioscuridad empezábamos a buscarnos los ojos, primero como una torpeza inevitable, una especie de error al que volvíamos a caer sin poder prevenirlo. Supuse que eso que asomaba era resultado del tinto que tomábamos, copas y copas de un salvoconducto para que el tiempo se detuviera en los momentos de estar juntos y todo empezara a durar un poco más. Qué hermosura.

Una de esas noches estábamos así, en silencio, echados sobre el colchón con almohadones en el living. Era invierno, la época en la que la verdad clava su cuña en la atmósfera y viene a decir que el calor no existe, que es ilusión, puro fenómeno del choque de la luz contra la materia. Era invierno y los glaciares podían avanzar solemnes hasta la misma costanera, hasta la reserva, hasta la puerta de las casas con veredas altas de La Boca, total nosotros estábamos echados casi sobre el parquet y hacía frío pero teníamos un montón de vino en sangre y unas ganas tremendas de estar vivos y de buscar el momento de levantar el acampe hacia el nuevo destino.

Yo estaba borracho y de pronto me puse triste, me estiré para buscar en YouTube una canción de Catherine Deneuve que empezó a sonar con el volumen bajo, vos no te movías, acostado con la espalda sobre un almohadón y las piernas a lo largo sobre el piso, cruzadas en los tobillos. Estabas quieto, la luz del velador del cuarto te hacía la cara como un satélite al que no podía identificarle el gesto, respiré hondo y me relajé, me dediqué a mirarte hasta que en un momento se hizo claro, sonreías, la poca luz te hacía brillar los dientes aunque estuviera oscuro.

Hacía frío, Catherine Deneuve cantaba y vos sonreías tirado en el piso de mi casa, los pies cruzados en los tobillos y las manos detrás de la cabeza, apoyado sobre un almohadón. Me arrodillé frente al ventanal con las persianas levantadas a la noche y canté sobre la voz opaca de Catherine en un francés ridículo con las erres tan aparatosas que me hacían carraspear. Yo qué sabía, quería cantar lo poco que entendía de la canción, así como cantaba la Deneuve, con esa soltura de los que cantan mal pero son capaces de piezas de sensibilidad descomunal y lecciones de clase. Yo qué sabía.

Tardé bastante en reponerme de la vergüenza de esa escena y tardé mucho tiempo en darte las gracias por no haberte reído demasiado.

Esa noche nos dimos el primer beso.

Algunos domingos mirábamos por la ventana, eran las mañanas de tormenta, o esas jornadas en las que la madrugada promete un día de lluvia sostenida. Recuerdo una vez en que salí de la cama por el griterío del viento en la copa de los árboles; vos te levantaste detrás de mí y en el puño derecho traías como un estandarte nuestra sábana blanca. Te ubicaste detrás, desnudo contra mis muslos, perfectamente alineado en la hondonada de mi culo, levantaste la bandera, te envolviste desde la espalda y me abrazaste por sobre los hombros. Tu boca junto a mi oreja, tu respiración, el instante en que decidí atesorarla. Mirábamos pasar las nubes tremendas, bajas y veloces sobre el océano gris del cielo de tormenta, el desparramo verde en la copa de los paraísos, el sonido denso previo al chaparrón. Estábamos en silencio, los dos veíamos el mismo punto: la cualidad del tiempo, el paso de las nubes veloces sobre el cielo atormentado. Éramos la época más encarnada de nosotros, el cruce de dos destinos modestos, solo una vez en la semana, una apostilla extraordinaria en la sucesión gris de los días. Mirábamos frente a la ventana, no hablábamos ni intentábamos aprovechar los segundos que se iban. Estábamos ahí, leves y desesperados, no había nada para hacer, no había que cambiar nada.

A media mañana nos rendimos y caímos a la cama antes de que cayera la lluvia, para mojarla.

Surrender, decía una tarjetita que circulaba en la casa de la gran abuela en los años de la infancia. ¿Qué quiere decir surrender, gran abuela? Y la vieja soltó las amarras de su rodete, la forma única en que la conocíamos, y el gran pelo blanco se montó a ella como una cascada que la hacía mujer ante mis ojos por primera vez. Creo que la madre de mi padre no respondió hasta que estaba muriéndose en su cama y me pidió que acercara el oído a su boca, delante de todos, y susurró una oración corta y absolutamente incomprensible. Me eligió entre toda la familia para legarme un balbuceo que cargué durante toda mi vida con la sensación de que mi imposibilidad de traducir la convertía en una vieja moribunda y sin sentido. Cargué con eso hasta que decidí, muchos años después, que esa senilidad de vocales tontas era surrender.

Estoy cansada de ser, quemá todas las funciones de mí como si fueran naves. Ayudame a que toda esta gente alrededor me deje tranquila. Quiero no ser, quiero estar en la piscina que me toca, gran nieto. Surrender.

Entonces tal vez los domingos en los que descansé la furia de mi soledad sobre tu cuerpo fueron eso. ¿Estuve en ese departamento de dos ambientes que visitabas los domingos hasta que todo terminó y creí que irme a Berlín abriría una puerta? ¿Estuve en esos mediodías y puse en los platos de vivo dorado un poco de blanco de ave y una ensalada liviana con granos de mostaza y un enorme vaso de agua al lado?

Estar con vos fue la manera más hermosa de mí, una suspensión entre el horror de estar obligado a ser y la delicia de entrar al ritmo un poco más allá de tus ingles.

Surrender: una sucesión de domingos en la Tierra con la vista de Buzz Aldrin cuando el módulo volvía lento y todo era una esmeralda azul en el espacio.

Los días en la semana eran desesperantes, la normalidad era una marea que subía sin pausa y que me disolvía de a poco. Eran días como de un asma espantosa, intentaba bocanadas y nunca llegaba a la superficie de nada; mi fantasía era la materialización de lo que negaba pertinaz en mi discurso diurno: que lo abandonaras todo y corrieras hacia mí, gritando mi nombre, gritando que era verdad que nos teníamos, que era verdad que me habías elegido para los domingos. Las mañanas podían despuntar con el sol de los días previos a la primavera, para mí el aire era igual irrespirable: en esas jornadas solo buscaba el testimonio de las cosas, la cáscara de una fruta que habías pelado distraído y metódico, una ruina que yo atesoraba lejos del tacho de la basura hasta que el devenir me la ganaba implacable. Si no había fotos había el recuerdo vívido de una afirmación que me hacías a los ojos, esos momentos en los que decías sí como sostenido en el borde de un acantilado y echado con confianza y una alegría vertiginosa hacia mí. Supongo que esos contados banquetes debían alcanzarme ante la amenaza de la hambruna, hasta entonces yo solamente había compartido algunas cosas con algunos otros. Hasta entonces me había divertido o había sufrido los embates del amor ordinario, el drama de los días en los que uno planea un proyecto compartido, un modo más económico y sustentable de enfrentar la vida en este mundo.

Hasta entonces había intentado con otros pero nadie me había descubierto; hasta tus ojos, que parecieron reconocer algo perdido y recobrado, nadie me había visto.

Dormir juntos era también la suspensión, el remedio contra la desesperanza. Dormir juntos era la suspensión, la inconsciencia y el sueño, el presente deslizándose sin remedio. Apenas me separaba un poco de ese estado volvían los lestrigones hambrientos que merodean el camino a Ítaca. Solo entendía al matrimonio como a una institución capaz de perforar incluso la idea de la propiedad por la obligación nocturna, la vuelta a la cama compartida; respetaba como a nadie a la gente que se encadenaba con inocencia a esa roca. *La vida es un frenesí, la vida es sueño*, repetían mis labios como una de esas canciones que se quedan, caprichosas e impertinentes, adheridas todo el día.

Tener una gata fue lo único que me ayudó a caminar como un perdido por el desierto; la compañía múltiple y llena de sentidos contrapuestos de esa Venus de bigotes largos que llenaba la casa de matas de pelo andante y me arruinaba la ropa. La gata maullaba para buscarme, para que la viera pasar por adelante, para que le acariciara solo la mollera y solo de ese modo puntual y casi violento. En cuanto percibía mi infatuación, mi disponibilidad total, se retiraba y me dejaba a merced de mi deseo y de mi soledad. Solo la compañía de esa gata me ayudó a atravesar los momentos insoportables en los que nuestros cuerpos se desencajaban.

Algunos pocos domingos, supongo que por saberlo, llegabas de madrugada y te agarrabas a mi cuerpo dormido. Y no me despertabas.

No tengo nada para contar. ¿Y qué?

Ahora veo en el balcón cómo resbala la tarde, cómo el sol se deshace material en los segundos y sé que los domingos se acaban, que esa exageración vital a la que me aferré fue un mediodía que no podía ser eterno. ¿Por qué nos encontramos en el azar de mi absoluta soledad, por qué nos encontramos en la casualidad de un anhelo que no habías reconocido hasta toparte conmigo? Almorzábamos temprano en una mezcla de ligereza y sofisticación; las comidas de mi semana eran fideos Favorita con aceite y queso, todo lo que lograba acopiar era para los almuerzos del domingo: paté, buen cabernet o pinot noire, brie, anchoas sobre manteca sobre pan crujiente, agua fresca, té fresco, fruta madura. Jugábamos a la nobleza y creo que los dos nos sentíamos a gusto en esa especie de siglo XIX que lograba recrear.

Una vez, en medio de esa campiña, recogí en el diario una esquela: Leonardo Favio afirmaba que el amor era para los amigos, entre los varones, que las mujeres eran deliciosas, pero que el amor era entre los amigos. En el instante de esa lectura yo apoyaba el vaso después de un sorbo y vos levantabas el tenedor con un bocado de huevos revueltos en el punto exacto: mi amor por vos era absoluto, un soplo en el que lograba domar la desesperación y lograba abrazarla incluso con confianza.

Ahora en el balcón puedo ver que en un momento creí posible nuestro siglo XIX, la delectación por un pasado que ni siquiera se vivió, la nostalgia abrumadora de lo que no puede poseerse, la certeza de que se puede perseguir la belleza sin que la estación final de ese ideal se llame Auschwitz.

Quiero decir: había instantes de esos domingos en los que también me descubría solo como en este, ahora que estoy en el balcón y el sol resbala como un león que ya no puede disputar territorios. Realistas, realeza, realidad, real: todas las formas de la guerra, tener tanto las palabras hasta poder dejarlas, tener tanto las palabras hasta no tener nada para decir.

No tengo nada para contar.

¿Y qué?

Un sábado, tarde en la noche, llegaste de improviso. Cuando bajé a abrirte el taxi se iba, recién arrancaba después de dejarte y las balizas centelleaban su luz intermitente a los torsos de los tilos sobre la vereda. Te acercaste con pasos lentos, radiante de amarillo en el costado hasta que el chofer apagó las luces, o el coche dobló en la esquina para irse, o tal vez se convirtió, como en los cuentos.

Me miraste con ojos cansados. Subimos en silencio, abrí la puerta y te cedí el paso, fuiste a la cocina y de la alacena vidriada sacaste un vaso, abriste la canilla y lo llenaste, parado contra la bacha, la pelvis apoyada en el borde de la mesada hasta que terminaste el agua que tomábamos, directa de la canilla. Dejaste el vaso y fuiste al cuarto, antes de entrar te descalzaste, te metiste en la cama vestido, de costado, en medio de un murmullo inaudible, temblando.

Yo miraba sin intervenir, apoyado en el vano de la puerta con la mirada lo más despierta posible, lo más alejada de la hipnosis de sentidos posible, quería ver, ser estricto.

Nunca hablamos de esa noche, ni de la escasez y lo inaudito, ni de eso que habías hecho, nunca hablamos de tu percepción de la justicia, ni del modo en que vivías: me trajiste el cuerpo amado tomado por la gripe. Pude pasar la noche en vela y dedicarme a mirar la escena sin aspavientos, ya tendría tiempo de derrumbarme, de programar el cuento a los futuros. Pude pasar la noche en vela y acercarme para besarte la frente a cada rato: la fiebre subía al principio y subía tu murmullo como en oleadas. Cuanto más me ganaba el sueño tu cuerpo más se entregaba al reino de los sanos y pude verte dormir tranquilo. La fiebre cedía y me animé a sacarte la campera sin despertarte, a sacarte el pantalón y a doblarlo prolijamente como jamás hacía con los míos. Fui a la cocina y tomé la última gota de agua que había quedado en el vaso que dejaste; lo enjuagué, lo puse boca abajo sobre el escurridor. Volví al cuarto y empezaba a clarear, aún faltaba mucho para que despuntara el sol pero la velocidad con la que todo se iluminaba era deslumbrante. Miré tras los cristales del balcón las copas de los árboles sobre la vereda contra el fondo verde del parque.

Envejecer con un hombre, me dije en un susurro. Estaba agotado pero había podido mirar sin desactivar la escena con un festejo prematuro. Estaba agotado y vos dormías tranquilo, me abrigué con tu campera, con el calor persistente que guarda la ropa del amado, me senté en el suelo y eché la cabeza a los pies de la cama.

Me quedé dormido.

La primera vez fue a la salida de un teatro, recuerdo el malestar, la sensación —solo menguada por el amparo que otorgaba una salida entre amigos— de haber sido rehén de un experimento bobo, innecesariamente inteligente e intrincado.

¿Amigos de quiénes éramos, cuál fue el vector para nosotros? No puedo recordarlo. Sí puedo ver, en cambio, la disposición de los cuerpos en la vereda cuando dejamos la sala y, más claramente, la dirección que tomaban las piernas en ese grupo de cuerpos parados un momento para reagruparse.

Yo bufaba un poco, otra vez había caído en la trampa de dejarme someter por la obra de teatro que había que ver, era mi primera vez en ese grupo y había decidido que esa noche iba a ser un poco menos impaciente, un poco más tolerante. Estabas solo y creo que por eso asumí tu soltería, tenías un suéter verde seco y llevabas una mochila azul. Parece normal ahora pero esa noche vi la existencia de los dos colores como una casualidad que revelaba algo que hacía mucho estaba oculto, la epifanía del color me había estado negada hasta entonces, siempre me había gustado el verde. Con el azul tenía la relación que la mayoría de los varones tenemos, nos da sostén, seguridad, nos hace conservadores y confiables a los ojos de las tías en las reuniones familiares. Pero nunca había percibido que los colores eran un lenguaje vivo, organismos sin cuerpo, si eso fuera posible, cosas llenas de ímpetu y de sentido que proferían una comunicación constante y vital y todo el tiempo reveladora.

Parados en esa esquina, como si hubieran sabido, como si hubieran anticipado lo próximo del destino, tus piernas buscaban el lugar más distante, mucho antes de entrevernos vos parecías querer alejarte, sortear algo del futuro que se avecinaba. Yo me quedé mirando eso sin reconocerlo, sin notificarme de nada particular más que algo que me sucedía y todavía no podía hacer relato: el verde y el azul, vistos como por primera vez. Un color primario y otro secundario en una especie de materialización sutil de mi ideal más ambicioso: una comunicación sin categorías. Un suéter verde seco y una mochila azul.

Todo eso sucedía mientras los cuerpos se reagrupaban y las voces intentaban organizar algo acerca de lo que habíamos visto, había admiración en los comentarios y aunque probablemente fuera justa yo no podía escuchar más que esnobismo. Habíamos visto la obra de teatro que había que ver y eso también puede ser el mejor andamiaje para que no suceda nada. Aunque no entendía qué, algo estaba sucediendo y todo pasaba al mismo tiempo, ya era tarde, no sabía qué pero lentamente despertaba a la sospecha de que un meteorito había cambiado mi dirección original, tenía en las pupilas el verde y el azul, ya estaba gravemente hacia otro lado.

Estabas solo y asumí tu soltería; en un momento,
el encuentro en la vereda empezó a disolverse por
la marejada de una didascalia que a mí me pareció
justiciera, ah, la dramaturgia: los personajes de esta
esquina se alejan para siempre del teatro y van a comer pizza y a tomar cerveza.

Grasa y alcohol, una reparación merecida.

Uno de esos domingos te esperé en la entrada, sentado en los escalones de la puerta del edificio, estaba fresco y el sol recién amanecía en las terrazas de enfrente. Esa fue la señal para bajar a esperarte: primera línea de luz en el mundo construido.

Yo adoraba que llegaras tan temprano, me parecía un gesto honorable de aprovechamiento del día compartido, la certeza de que todo se acaba y que, por tanto, hay que rasparse contra lo que sucede con parsimonia, con humildad, con desesperanza.

Llegabas caminando lento desde la avenida con el fondo verde del parque y tuve unos instantes para verte sin que me vieras: tan enamorado de ese hombre de cara abierta y pasos piadosos rumbo al interior de mi casa. Antes de llegar a la esquina levantaste la vista y me descubriste, en ese mismo segundo el sol te estaqueó los ojos y eché al aire una carcajada, me reí de tu gesto, de que fruncieras el morro como un gato, como un nene. Ya me habías visto y paraste en la esquina antes de cruzar, sonriendo, sin mirarme, en juego con los torsos fabulosos de los plátanos de la cuadra de enfrente que a esa hora parecen sutilmente brillantes y descarnados.

Quedar enfrentado a vos, en medio del verde, para siempre, saber que tu cuerpo existe, las ondas de un lago interrumpido por un guijarro que se hunde. Verte detenido en el cruce, antes de lanzarte, sonriendo hacia los costados porque vas a cruzar, porque estás tranquilo.

Saber que usás esas alpargatas y esos pantalones anchos, que te pasás la mano por el pelo antes de mirar para otro lado.

Acercarme a la esquina para siempre, para sonreír un poco, para vernos existir en medio de todo, antes de meternos en la cueva, antes de invitarte a caminar entre los tilos de esta cuadra que se despedían del invierno por las puntas de las ramas más angostas.

Una mañana llegaste y antes de levantarme y siquiera de abrir los ojos seguí con atención la coreografía de tu entrada. Abriste la puerta y te descalzaste, atravesaste el living y dejaste el diario sobre la mesa, llegaste a la cocina, apoyaste la bolsa con el pan sobre la mesada. Los domingos solía despertarme el aroma del café, un desayuno inmaterial al que nos dábamos como los recién casados se dan inocentes a sus votos. El café era un aroma, después de olerlo fuerte y de una primera taza que acompañábamos de tostadas con manteca, tomábamos mate amargo en silencio.

Pero esa mañana fue especial, pusiste el vinilo de Elis muy bajo para despertarme, era extraño: los domingos te gustaban con música clásica y el Couperin era el único que teníamos. Hasta entonces Elis había sido algo de lo que nos contábamos de la semana sola, pero esa mañana temprano sonaba Tras la puerta y yo me alisté como un soldado al lado de la cama: preciso, lento y obediente me puse las medias, el calzoncillo, la camisa, el pantalón y los zapatos, me pasé las dos manos por el pelo para amainarlo un poco, para tener la frente despejada y el campo de los ojos libres de toda hojarasca, fui al living. Las noticias sobre la mesa eran un cúmulo ajeno y todo parecía lo usual, lo acostumbrado, pero vos llegabas desde la cocina, con dos tazas blancas, llenas hasta un poco más de la mitad de un café espeso.

Venías desde la cocina de mi casa y llegabas al living donde te esperaba; para mí era como si hubieses atravesado la estepa rusa después de la guerra para saciar mi hambre. Entonces me di vuelta y nos miramos, eso era caer en el abismo y era rescatarme, todo así, al mismo tiempo: haber sobrevivido a la semana sin verte.

Siempre me gustó cómo los brasileños dividen la semana en ferias, segunda, tercera, cuarta. Mi propia semana era la idea de unas ferias, eventos temáticos para los que tenía que prepararme porque cada uno era particular y no debía mezclarse, la feria municipal, la feria de Sevilla, la feria de atracciones, la de fenómenos, la feria abandonada.

Tres veces, tres días distintos, aunque nunca en domingo, dedicaba algunas horas a estar con mi papá. Con ese hombre que hacía algún tiempo había empezado a disolverse con una gracia y una pena notables, como una tinta a la que le cae una gota de agua inoportuna y el trazo de la pluma se levanta del papel en olas minúsculas que se llevan el color y lo esparcen hasta licuarlo. Al principio a partir de los olvidos risueños que hacen que las reuniones con amigos se llenen de cuentos sobre la última novedad chistosa de cómo los padres se hacen viejos. Después con una preocupación cada vez más angustiante que a mi padre se le quedaba en la cara por horas. ¿Qué pasa, papá, por qué tenés esa cara? y la sola mención era un salvavidas que le devolvía la sonrisa y el anhelo a esos ojos dulces que solamente demandaban la certeza de saberme ahí, su hijo, para acariciarle un rato la piel suavísima de esas manos llenas de manchas, para hacerme responsable y acunarlo, aunque fuera a la distancia, en la inmaterialidad de la voz en el teléfono, para hacerle bromas que él solo entendía cuando veía mi sonrisa al final de la frase, para obligarlo amablemente a comer un poco más de compota. ¿Por qué tenés esa cara, papá?

¿Y dónde puedo esconder la mía, ahora que me quedo solo en el frente y todos los fusiles de la espera me apuntan, cuánto tiempo para que las flores rojas se abran en mi pecho y flaqueen las rodillas, cuánto tiempo para que la espera se convierta en una piedra real?

Entrar al geriátrico y traspasar el umbral de esa casa extraña era asomarse a un volcán en el que todas las seguridades eran lava, roca líquida y ardiente, entrar al geriátrico era aceptar el horror. Una manera distraída de saber que esa ley es la crueldad y que la culpa de los hijos por el abandono regulado es el permiso para que los que asisten a los viejos descarguen su furia loca. Yo dejaba a mi papá ahí para estar tranquilo, para que mis ferias fuesen un poco más organizadas y para no sucumbir: nadie puede tener vida propia y además un padre que envejece.

Yo dejaba a mi padre en el geriátrico aceptable que podía pagar para poder vivir la única feria que estaba dedicada a mí, la única en la que estaba presente y en la que era gobernador y mi regencia era verdad. Yo dejaba a mi papá disolviéndose en una casa de viejos, como si le hubiese caído una gota de agua inoportuna, para poder vivir mis domingos con vos.

A cada acción le venía su contraparte, a cada taza de café, a esos rituales de estar juntos, le llegaba el desmantelamiento que alentaba la ceremonia venidera. Abrir y cerrar las puertas de un dominio en el que se pasan días especiales, sacar la loza de las alacenas y ponerla en condiciones para preparar la mesa y al final de la jornada volver todo a su lugar, también en condiciones, hasta la nueva temporada.

Cada domingo de estar juntos se hacía y se deshacía como en una ecuación que nos mantenía limpios, ávidos y prolijamente dispuestos el uno para el otro. Los que tenemos poco tiempo parecemos algo así como monjes y, desde luego, la religión es una forma de emplear el tiempo, de lidiar con la austeridad. Esa es una economía basada en el rechazo a la vulgaridad de ser, una economía que se sostiene solamente por el anhelo de una deriva que a algunos puede parecerles precaria: estar.

De cada taza manchada de café, de cada plato con trazas de queso azul y de damascos, con semillas y piel de pera, de cada cosa que usábamos, quedaba hacia el final del día la loza impecable y escurriéndose. En esa forma de enlazar el tiempo no había fiesta particular ni justificación, todo era un intento a veces un poco afectado de practicar el arte de la mesura, cada cosa en su sitio, nosotros mismos como cosas, un intento de que la velocidad pasara entre los cuerpos y nos permitiera las jornadas de estar juntos como nados en profundidad, bajo la superficie. Nada demoraba nuestra reunión, el evento que éramos, con el mundo a cuestas y a merced.

Pero hoy también es domingo y también es la mañana. También el olor del café y el sol del invierno que hace brillar el frío en los edificios tras la ventana. Hoy también es domingo aunque en los diarios no haya una sola palabra interesante, aunque estas jornadas hayan dejado de ser el día de la reconversión al ritual, de la entrega al abrazo cálido, la escucha del único Couperin.

Hoy también es domingo pero los días no guardan lugar para la historia y quizás fue el viento solar, una explosión termonuclear que solo dejó la sombra: es domingo y mañana no será el primer día de la espera. Es domingo y es de mañana, eso debería bastar al hombre que conoció el milagro de lo casual: nuestras parábolas se interceptaron indolentes una vez.

Es domingo, a pesar del desaliento.

Donde no llega el Estado llega el palán-palán. En las grietas de esa casa de la esquina, de esa casa en la que sobreviven unos gatos a los que una jubilada todas las tardes deja platitos con comida y leche, esa casa de la que el frente se comba por el peso de los años y parece a punto de desmoronarse y el revoque cae como una arena vieja para dejar a la vista los ladrillos con los que se construyó Buenos Aires, ahí, en esos pliegues, crecen las plantas de palán-palán, de flor alargada y amarilla, plantas resistentes que aparecen por la gracia del viento que ahí las amontona, donde no llega el Estado.

Como el diente de león en las veredas de zona norte o el cardo mariano en el campo, pertinaces, inoportunos, en medio de cualquier parcela árida y seca, ahí donde se rompe la tierra, como el diente de león y el cardo mariano, así crece el palán-palán cuando las casas viejas empiezan a desguazarse, empiezan a ser bocado para los cazadores del negocio inmobiliario.

En la casa de esta esquina de Flores crecen las grietas y ahí anidan las semillas de la planta de flores alargadas y amarillas porque esa humedad por la que las paredes sucumben les resulta suficiente alimento.

Por ahí voy, hoy también es domingo, pero este es un séptimo día de los que quedaron solamente para mí, el séptimo día en que me encamino a cumplir uno de los ritos que dejamos sin concretar porque antes de que lo hiciéramos terminó todo. Voy a El Balón, a tomar seguramente un Cynar con soda y aceitunas, una cerveza con Pineral, si hubiera, o un café en una de esas tazas de loza que parece blanca pero es gris, un café seguramente intomable. O a almorzar ese filet de merluza gigante con puré, entre taxistas, entre viejos del barrio que van a leer el diario y a escuchar la radio, a mirar por las ventanas que le quedan a esa esquina inadvertida. Habíamos planeado ir ahí, pero los planes son mapas de la fantasía y a la fantasía la recorta perfectamente lo que ya no existe. Lo que quedó sin hacer no llega siquiera a ser deuda, tal vez la fantasía de acodarnos en la mesa de un bar de la ciudad modesta y barrial que resiste era solamente mía, una especie de ardid que me construía lleno de secretos y de misterio, lleno de cosas interesantes por las que siempre estarías a mi lado. Es probable que haya sido así, pero así y todo eso es algo que quedó pendiente. Una carga que merece ser liberada como la basura en un módulo espacial que suelta los restos en los que nadie piensa: abrir la escotilla y dejar que se deslicen armónicos y al espacio los potes de yogur vacíos, las láminas de aluminio de las tapas, los encajes de telgopor de las cajas de electrónicos, los films de las bandejas en las que la carne de pollo alcanzó el límite posible de todas sus versiones, los CD viejos que ya no se escuchan, las canciones que escuchamos juntos y en un momento empezaron a incomodar porque tenían la interferencia del alejamiento, las cosas que uno guardó durante décadas y ya no tienen siquiera la carga de culpa por la que fueron conservadas. Mientras la nave se interna en la lejanía y lanza sus deposiciones como un reguero lento y gracioso, un ballet de huellas convertidas en chatarra que nadie va a poder registrar, los signos sin sentido de una civilización que va a ser leída con brutalidad semiótica, con capricho, con tensiones inexistentes.

Abrir la escotilla y sentarse a ver la novedosa organización de la soledad. Abrir la escotilla y quedarse a comprobar que es cierto que los domingos tienen algo distinto al resto de los días, que no es una idea que se hace bajo el terror de las jornadas de tiempo libre, los días fuera del trabajo, la obligación escandalosamente confortable y segura a la que nos somete el Estado. Es cierto que en los domingos hay un modo que tiene el sol de atardecer y una línea tal vez un poco más difusa entre la tarde que termina y la noche que se asienta. Y que es cierto que hay una hendija que deja pasar al rayo verde, pero que trae angustia para la inmensa mayoría, para los que no podemos percibirlo.

Es domingo y es un día distinto y por Andrés Lamas hay un par de cuadras que parecen conservar su espíritu de barrio con santarritas desquiciadas de fucsia entre Neuquén y Gaona. Es domingo y la caminata. Y las retroexcavadoras como esqueletos de dinosaurios de museo porque en la semana asfaltan la avenida, ¡otra vez!, para mostrar que el gobierno se mueve y sacia el hambre de los vecinos que reclaman acciones concretas contra cualquier cosa, acciones concretas incluso en contra de sí mismos pero que el Estado haga algo, que malgaste y robe nuestro dinero, que persiga travestis y que mate pibes chorros pero que se vea. Que deje las máquinas muertas sobre la avenida asfaltada una y otra vez en estos años, una y otra vez mientras la ciudad desaparece vorazmente de su propia historia.

Es domingo y camino con la pretensión de estar tranquilo y no inmensamente triste ni inmensamente enajenado por no perderme la oportunidad de ir ahí, caminando para tratar de cerrar los círculos que quedaron expuestos al olvido en mi historia con vos, tratando de atender la mirada de cada transeúnte que indefectiblemente no me mira, o la de todos los que me conocen y me aman y que indefectiblemente no me ven.

Voy a El Balón, a cumplir el rito que habíamos programado en la escaleta en la que dibujamos eternos próximos pasos cuando nuestro amor era un narrador omnisciente y confiado en la perspectiva común.

Camino hasta llegar a la esquina de Gaona y Bolivia, a nada del Hospital Israelita y de esa fachada derruida que más bien —¡Oh, Justicia!— se parece a la Franja de Gaza.

Voy a El Balón y estoy llegando y comprendo que es mi manera de estar con vos, de mirar galaxias y nebulosas a través de la escotilla, mucho después de que convinimos soltarnos porque yo te dejé. Porque vos me habías dejado sin saberlo mucho antes.

Llego a Gaona y Bolivia, a la esquina de Flores, caminando, llego.

Pero hoy es domingo, El Balón está cerrado.

Algunos domingos amanecían lluviosos, o llenos de una bruma húmeda y opaca. Eran jornadas de una belleza que me costaba el doble: un rato largo de entender a qué me despertaba. ¿Hay que vivir?

Algunos domingos amanecían lluviosos, en esas mañanas llegabas temprano, te desnudabas ni bien traspasabas la puerta y venías a acostarte un rato conmigo, yo dormía profundo, en una especie de fricción constante, no quería perderme nada de tu entrada pero todo lo que buscaba era dejarme estar en mi inconsciencia porque sabía que llegabas, me abrazabas lleno de olor a lluvia y encendías los motores del día compartido.

Mi sueño era dormir sostenido por la cercanía de tu cuerpo, una noche y otra noche y otra noche, la única condición de fidelidad que respetaba de la idea del matrimonio.

(Hubiera podido pincharme un dedo con el huso de una rueca y dormir cien años si después de la centuria me despertaban los ruidos silenciados de ese hombre preparando el desayuno.)

Alguna vez pensé que la semana era una excusa necesaria, la negociación que había podido establecer con mi adultez, la idea brasileña de orden y progreso que ofrecen las ferias. En esos años nunca reclamé otro destino más que los domingos compartidos, nunca, tampoco, temí perderlos, como si la aceptación de la miseria hubiera sido mi garantía. Yo no necesitaba más, era eso, solo los domingos.

No recuerdo los momentos en los que cambié de trabajo, ni las veces que tuve que acomodarme a los sucesos importantes, sin darme cuenta mis días entre la semana se hacían cada vez más flacos y me dejaban más expuesto. Pero temprano en la mañana de esos días llegabas, con la piel del arco que se formaba entre tu pulgar y tu índice, con tus axilas, con la barranca entre tus ingles y el pelo abundante de tu sexo. Dormir la siesta ahí, en el vaivén de tu respiración, merendar ahí y llenar el paraíso de migas para seguir comiendo de esos rastros y al terminar beber del pico. Yo no necesitaba más fiesta que esa y no lamentaba la escasez de la semana. Pero el mundo desconfía de los pobres, los odia. En todo caso sé que estuve una sucesión de domingos en la Tierra, abrazado al momento en que los animales despiertan después de su jornada de sueño; esa acumulación de naturaleza fue y es suficiente para mí.

Que aun así, distante, voy a envejecer con un hombre.

Tardamos unos cuantos domingos, unas cuantas eras de humanidad, en resolver sin afectación nuestro desconcierto. Yo recordaba a mi abuelo con las páginas enormes y la tinta sepia iluminándole la cara. Vos recordabas las grandes sobremesas familiares después del desayuno, los pequeños serruchos de las páginas amenazando inútiles las manos que se disputaban las secciones, el cuerpo principal. Parte de nuestro desconcierto era haber creído que una de las cosas que nos mantenía unidos era permanecer juntos, cerca y en silencio, leyendo los diarios. Una tradición que nadie discutía, nadie disputaba ni preveía que podía disolverse en costumbres nuevas. El desayuno de los domingos se hacía largo y tendido por el auxilio de los diarios, el ejercicio extraordinario de la lectura entrelíneas, los artículos de opinión, las notas extensas acerca de las nuevas corrientes de pensamiento, las entrevistas a autores, a divulgadores, a científicos. Esos desayunos inauguraban la semana y le imprimían la filiación de los que practican las mismas rutinas de clase, de los que dan por sentado que propios y ajenos también desayunan de ese modo: café, mate, medialunas, tostadas, agua, eventualmente fruta, lectura de periódicos. Pero de pronto eso dejó de existir y mostró su cara falaz, su evidente podredumbre, solo cada tanto aparecía una nota ahogándose en un mar de operaciones cada vez más descaradas y torpes.

Los diarios dejaron de existir para nosotros y con esa procacidad desaparecieron generaciones familiares de domingo, modos de ser y de mirarse. Los diarios dejaron de existir, pero como si el mismo oleaje tempestuoso nos hubiera acercado las manos, sobrevivimos a eso por la potencia de la decisión: arrancarnos esa literatura.

No más diarios los domingos.

Entonces qué.

Uno de esos domingos viniste con tu hijo mayor, un muchacho de siete años, tal vez esa sea la escena más entrañable que recuerde, el rito más deliciosamente formal, el momento más vital y más incómodo. Yo hubiera propuesto un juego inmediato, armar uno de esos aviones de plástico gris que vienen en caja y son copia de bombarderos de la Segunda Guerra, compartir en secreto el olor del pegamento que conquista el aire, para hablar, mientras tanto, de cualquier cosa. Ese era mi modo de recordar la propia infancia: un lugar muy silencioso que solo se alborotaba si un igual se acercaba y proponía algo. No sé cómo armaste esa mañana inverosímil, ni sé cómo abandoné mis modos de pensar las cosas para participar de esa dramaturgia insolente y loca.

¿Dijiste: vamos que quiero presentarte a mi amante?

Amigos íntimos decía yo, conmigo, para explicarme con palabras de este mundo. Amigos íntimos, como una aspiración de máxima. Amigos íntimos; y me sentía tan afortunado. Aunque creo que tanta fortuna un poco encandila y los cuerpos, esa mañana, se fueron alejando también un poco, como si no hubieran encontrado qué hacer en el terreno de dos amigos que alcanzaron tanta cercanía.

¿Qué quedaba después de eso?

Ese día corto dejó tanta proximidad como incertidumbre, una disposición extraña de las cosas de la casa, un desorden nuevo y fatigoso. El solsticio de verano, el día más largo del año que marca el comienzo de la lejanía por venir, el comienzo del invierno.

Muy tarde, una madrugada, me envolví con una manta y me eché en el piso del living, enfrentado a la puerta, para esperarte. Me había preparado una enorme taza de té que dejé sobre un plato a un costado y olvidé hasta que se enfrió por completo. El té era una voluntad en la que no terminaba de creer si estaba solo, una especie de ritual que en realidad miraba con un poco de sorna y me parecía espamentoso. Tomar el té con vos me encantaba, aunque nunca me hubiera gustado del todo y no sé si alguna vez supe si a vos sí o si era que disfrutabas como yo de ese juego de muñecas por el que podíamos llenar tazas de infusiones mientras hablábamos o mientras nos quedábamos mudos.

Pues esa madrugada la enorme taza quedó abandonada en la escena, invisible en la verdad de lo que me estaba ocurriendo: me había despertado en medio de la noche con la percepción de que no había nada detrás de mí, un abismo; todo lo que había hecho era banal o preso de una contemporaneidad que al minuto lo convertía en algo completamente olvidable. No había nada detrás de mí, tenía los domingos con vos y la semana para mi padre y para la soledad, para preparar el nuevo encuentro: era muy probable que el futuro tampoco se mostrara pródigo. Esa noche de sábado estaba durmiendo la borrachera de una semana en soledad, en pocas horas ibas a entrar por esa puerta, me desperté en medio de un talud.

En ese momento lamenté mucho haber dejado de fumar, un hábito delicioso que se había extendido en un momento de la Historia en el que el presente tenía la más pura contundencia, un presente absoluto y como ninguno de los que más tarde trajo el porvenir, fumar no era solamente un placer sensual, fumar también era el más puro existencialismo. Décadas míticas que más tarde se iban a convertir en la extorsión de la idea de salud como una conquista.

Y yo había dejado de fumar por esa idea de salud que le alarga la vida a la gente en un mundo que la persigue, la acecha, la angustia cada vez más.

Exfumador de tabaco negro, envuelto en una manta sobre el piso, en ruinas como una fachada de Salamone en una ciudad bonaerense, al lado de un té frío, hubiera prendido un cigarrillo tras otro y completado montañas de ceniza y de colillas como una medida de tiempo para calcular cuánto faltaba para que llegaras. Esa madrugada hubiera fumado sin parar mientras acompañaba el último trayecto de la noche con fondo de Nina Simone y esperaba que la salida del sol conquistara los edificios desde arriba y te trajera hasta mi casa.

Era hermoso e incómodo imaginarte en los rituales de domingo antes de encontrarnos, despierto porque los ojos se abren de pronto, con las pestañas apretadas contra las sábanas que compartís con tu mujer, decidido a dejarla por mí durante casi todo el recorrido del sol por el hemisferio.

¿Hablamos alguna vez de la incomodidad, la asumimos como un costo, o a los tres nos pareció un desafío interesante? ¿Y hablé alguna vez de tus pestañas?, de ese signo sensual que los padres no advierten en los hijos y por los que los predadores acechan, ¿te hablé alguna vez de un anuncio en la boca del estómago cuando te las espiaba? Me dolían tus pestañas, esa forma tan sutil de lo material que me provocaba tanto.

De todo tu cuerpo usaba las funciones que me cobijaban o me perseguían, era víctima y perpetrador de cada parte que asomaba, de cada hueco que me dejaba hundirle mis puntas. Pero las pestañas no acarician, las pestañas no irritan la piel ni presionan fuerte las tetillas como a mí me gusta y yo podía echarme a llorar de solo verlas. ¿Tendrán tus hijos esas pestañas fabulosas, esos hilos tensos y brunos, ideales para atravesar el desierto y que su negrura cubra un poco las pupilas del ardor?

Yo amaba tu pene, amaba cómo se encajaban tus caderas y la piel tersa entre tu ombligo y los pelos deliciosos de tu sexo, amaba tus axilas como un reservorio amargo, todo lo hombre ahí, una marca que me despertaba el olfato y la lengua y me ponía en órbita alrededor del sistema de nosotros. Amaba tus pies y tu culo fastuoso capaz de abrirse con una insolencia que vos no atisbabas y a mí me parecía deslumbrante. Yo amaba tu cuerpo como a un sol al que siempre estaba dirigido, pero ¿hablé alguna vez de tus pestañas?, ¿hablé de esa materialidad absurda que te espiaba aun cuando no nos miráramos?

A veces pienso que eras vos, que si hubieras sido otro cuerpo también hubieras sido vos, eso me calma: no existe ni un poco de libre albedrío, estamos condenados a chocar contra la experiencia que nos toca o a huir como ratas o a rasparnos hasta morir. Eras vos.

La noche de ese sábado había sido difícil, aunque si miraba la escena desde afuera, como un dramaturgo que necesita entender por qué los cuerpos sobre el escenario deben moverse de ese modo, supongo que podría haber sido distinta. Si me miraba con alguna distancia, sin esa pasión por la tristeza, hubiera visto un hombre que deambulaba prolijo en un departamento en la noche. Un hombre que caminaba lento hasta la cocina, que llenaba la pava con la medida de agua estimada para una taza, un hombre que cerraba la canilla y dirigía sus manos a la caja de fósforos, sacaba uno, raspaba y miraba sin darse cuenta de su fascinación el pequeño incendio que arrasaba ese bosque con el que iba a inflamar la hornalla.

No hay nada particularmente triste en un hombre que está solo y en silencio, aunque el aire traiga las voces indiferenciadas de las casas vecinas y los murmullos de la frenética actividad familiar tan extendida. Si me hubiera visto de un modo más justo, un poco menos centrado en la importancia fundamental de mi vida, habría podido percibir que tal vez en ese sistema, esparcidos en orbes dispuestas de manera aparentemente caprichosa, las mujeres y los varones solos en sus casas de dos ambientes y cocina se alimentan, caminan sin interrupciones entre sus cuartos, disponen las toallas para cada uso y definen una administración posible para las cuestiones del próximo día.

Si me hubiera visto sin que la cercanía con mi cara confundiera las perspectivas habría sabido que no hay tristeza en estar solo, que lo que entristece es la impaciencia, la tiranía del hambre que gobierna bajo el mandato de la saciedad.

Si me hubiera visto tal vez habría comprendido que estaba solo y que estar con vos era mi garantía para una soledad sustentable, una transacción frecuentemente difícil de aceptar y de sostener.

Pero una vez dejé de fumar porque creí en un futuro a mis anchas, creí en esa pequeña voluntad de la salud como una constructora de mayor fortaleza y soberanía. En esa noche junto al té desahuciado hubiera fumado para acompañarme, para estar conmigo en ese momento un poco extraviado, un varón bajo influencia.

—Estoy triste, Cassavetes —te dije apenas abriste un filón en la puerta y tus ojos me encontraron como en un picnic oscuro en el medio de la sala. Entonces dejaste de mirarme y empujaste para entrar, para meter el cuerpo adentro, para cerrar y dejar la llave colgada de la misma cerradura. No supe por qué esa vez llegaste durante la noche, antes de la madrugada, como si me hubieras presentido en ascuas; entraste a mi casa y sin mirarme pasaste a mi lado y dejaste tus cosas en el sillón, entonces volviste a darte vuelta para arrodillarte, todavía con el abrigo puesto y el frío de la calle reservado en los bordes del cuello de la camisa. Sin decir nada me abrazaste desde atrás y pusiste tu cara en el hueco de mi cuello; yo no podía parar de llorar pero no lloraba, mi hombre me sostenía desde atrás y firmaba cada una de las actas inmateriales que estaban pendientes. Muy tarde esa noche, en el centro del living y tal vez un poco incómodos, el aire, acaso como una corte, reconoció todo lo que éramos, el uno, el otro, y juntos, pero también separados. Después me arrastraste al cuarto y con la mano libre te aflojaste los nudos de la ropa y me dejaste en el piso y bajaste para besarme mientras la ropa se te atascaba en los codos, en las rodillas, en el mismo cuello. Entonces abandonaste toda actividad y te vi el gesto del hombre que intenta concentrarse: sacar todas las prendas de una vez en una operación directa que rinda beneficios inmediatos. Parado y desnudo, una perpendicular altísima frente a mí, abrí la boca para preguntarte: ¿vamos a coger? Volviste a mi cuello para empezar otra vez, para seguir besándome y terminar de abrir el capullo de la frazada con la que me había envuelto y para desnudarme de lo poco que tenía. Esa fue tal vez tu incursión más clara, una especie de entrismo que me dejaba más quieto; creo que no dijiste nada, que solamente me besabas y bajabas por el cuello, por el pecho, por el meridiano que atraviesa el ombligo. Parecías dispuesto a reforzarme el contorno con las manos, me acariciabas como si todo el tiempo estuvieras trayéndome, la respiración cada vez más corta. Sé que no dijiste nada, que solo abrías la boca para recuperar el aliento y dar otra bocanada en esa marea que impusiste, un nadador tan dedicado y tan valiente. No dijiste nada pero yo te escuché decir: es todo lo que puedo, y fue en ese rato en el que no dijiste nada en que estuve un poco menos triste.

Pero vos volvías a dar brazadas que me ponían cada vez más duro y con más forma, no era solamente la pija o todo yo era solamente mi pija, pura verga que buscaba entrarte. Vos seguías cada vez más específico y cada vez más concentrado, no me mirabas y te quedaste un rato largo con toda la cara metida entre mis huevos, oliendo ahí, chupando, mordiéndome apenas las ingles como si apretaras las clavijas de un laúd que sonaba cada vez más denso, abriéndome las piernas para descansar antes de volver a sumergirte. Hasta que volviste a tener fuerza y volviste a incorporarte, solo un poco, lo suficiente como para volver a mirarme a los ojos y dejarme ver los tuyos, tan presentes, todo vos, nadador olímpico, te incorporaste, lo suficiente como para sentarte arriba de mi cadera y balancearte contra mi verga que se irritaba un poco contra vos, mientras de la mano te aparecían dos dedos masajeándome fuerte debajo de los huevos y llegando al culo y toda la mano me agarraba el tronco ciego y lo conducía para que vos te alzaras un poco más y te dejaras caer y lento te sentaras en mi pija, mirándome a los ojos y balanceándote a punto de llorar, y sin decir nada yo me dejaba hacer, te cogía profundo y gordo y lubricado con nada te cogía como nunca, tanto te cogía el culo mientras te sentabas y yo no hacía nada de nada mientras vos ibas y venías alrededor de mi pija que te cogía pero el que entrabas eras vos, decidido a entrar, conquistador de mí, a merced de tu hambre, a merced de tus ganas de sacarme la tristeza, a merced de tu amor casi cristiano, perverso, lleno de redención y de sacrificio te cogía el culo delicioso tirado en el piso del cuarto con la frazada alrededor como el manto de una virgen, vos a punto de llorar, en silencio, gritando, diciéndome las cosas más increíbles que jamás me dijeron, entrándole a mi pija como un macho que sabe sentarse y claro que acabamos juntos, las dos vergas abrazadas por tus manos y la leche de los dos pegando el salto, nadador de competencia, la leche de los dos en el aire hasta estamparse, la leche de los dos, contra el murallón de nosotros, esa contundencia que tal vez me dejó en suspenso para siempre, el murallón de nosotros frente al mar que porfía en deshacer lo fundado, la leche de los dos endureciéndonos los pelos del pecho y del abdomen, abrazados para siempre, pegajosos para siempre. No voy a bañarme nunca.

Creo que dormimos así un rato bastante largo, abrazados, manteniendo el calor y la humedad en nuestros torsos y creo que después nos fuimos desencajando para buscar cada uno un poco más de profundidad, pero sé que cada tanto vos me acariciabas, me hacías saber que podía relajarme porque vos recorrías el perímetro de la pileta vigilando. Cuando desperté un poco me reí, dormías de cara al techo con la boca abierta y seguro te hubieran despedido de tu puesto de guardavidas, me acerqué a tu oído y susurré: son todos iguales. Me sentía mejor, había necesitado dormir y mirarte dormir. Pero tenía que recuperarme, tenía que estar solo, tenía que juntar nueva información sobre mí y sobre lo que me pasaba para contarte, cada cosa, por mínima que fuera, era una excusa para mostrarte mi entusiasmo o mi decepción, cada cosa, por máxima que fuera, era una excusa para hacerte testigo de mí, compañero y amigo en los términos ideales de la amistad en el inicio de la segunda mitad del siglo de las masacres, una mitad en la que la de los amigos era toda la patria que se esperaba y todo el antídoto contra el veneno chauvinista.

Necesitaba estar solo, resguardar con tu campera el calor compartido sobre el torso y echarme a andar unas cuadras en esa mañana de sol y de invierno incipiente. Me abrazaba a tu abrigo y sonreía por la conformación de mi guardarropa, una colección de cosas que te obligaba a dejarme porque no tenía ningún abrigo que fuera así de calentito.

Había averiguado de una panadería que hacía el pan que ya no se conseguía en Buenos Aires, el pan de costra dura y miga húmeda y aireada amasado con verdadera harina, sin los mejoradores con que los supermercados tienen ese pan siempre fresco y miserable.

Me vestí, me puse tu campera y salí a la calle para caminar unas cuantas cuadras y traernos un desayuno de café negrísimo y pan con manteca.

Mientras bajaba en el ascensor me miré en el espejo y sin decir nada pensé: ¿y si eras vos el que se estaba ahogando?

Todavía era temprano y milagrosamente había poca gente en la calle y había poco ruido, yo miraba para los costados porque la ciudad silenciosa era el paraíso perdido, un sitio atravesado de algo que una vez hubo y no iba a volver por el frenesí de las constructoras y el fraude inmobiliario que transforman a los barrios en partes aledañas del centro, partes con su propio centro de comercios, mercados cada vez más específicos.

Cuando nos encontramos la ciudad ya era un territorio enajenado, pero en muy poco tiempo pasó de estar regada de terrenos baldíos a ser el coto perfecto para los lavadores de dinero, en cada agujero de manzana conquistado por los yuyos, las malezas y los nidos de rata, en cada medianera que mantenía los croquis de la vida pasada seguían impresos los dibujos de los cuartos diferentes, los azulejos del baño, la sombra atómica de cada artefacto, las molduras de las habitaciones con que los antiguos preanunciaban el cielo raso, las marcas de grasa y la sombra de los extractores de las cocinas, las flores de lis repetidas hasta la náusea en los empapelados de los salones principales, en cada uno de esos agujeros desolados, de historias en las que podían leerse las fracturas familiares, las debacles económicas, la locura con la que la gente acumula muebles y trastos y basura en bolsas, en cada una de esas madrigueras ahora empezaban a erguirse los éxitos rutilantes de los holdings de arquitectos, ingenieros, ediles, narcotraficantes, legisladores, inspectores, discursos políticos en pugna que enmascaran alianzas descaradas.

De pronto las casas modestas de los barrios se convirtieron en edificios de departamento con amenities y con barandas doradas; me eché a andar, no vi nada de modestia barrial mientras caminaba rumbo a la panadería.

Iba en medio del frío, la cara al sol de frente, las manos adentro de los bolsillos de tu abrigo y suspendido en una sensación de intimidad y de descaro. Me acordé de la imagen de un cuadro de Botticelli que vi una vez en un libro: Venus y Marte recostados después de hacer el amor, ella encendida y fuerte, con los ojos enfocados, él completamente perdido y dormitando, un guerrero laxo que se deshacía embelesado después del encuentro sobre el campo de batalla venusino.

Te imaginé durmiendo, seguro estabas durmiendo, arropado en la cama desprolija que quedó tras la madrugada que pasamos sobre el piso, pensé en tu mujer y pensé en tus hijos. ¿Vos de quién sos?, te preguntaba en secreto mientras caminaba y no había manera de que al instante mi voz no respondiera, como si alguna vez me hubieras preguntado: yo soy tuyo. El amor y la propiedad privada, el amor como un consumo.

Salí de ahí, ahuyenté todo pensamiento al respecto como a moscas que se posan sobre un cadáver amado, ninguna de mis respuestas posibles me dejaba en un lugar del que pudiera sentirme orgulloso, por lo menos tranquilo.

La panadería era horrible, estaba en una calle horrible llena de casas con el frente ralo, cubiertas de cerámicas espantosas o de ladrillos a la vista, todo era tan horrible que antes de entrar a comprar caminé la cuadra lentamente, de una punta a la otra, aprovechando el sol. A veces pretendo que me gusta lo feo, o imagino que esa pretensión es una resistencia que vale la pena, una alianza moral con las familias que viven en casas feas. Tan esnob, tan desenfocado y sobre todo tan ingenuo.

Finalmente entré al boliche, compré el pan, paré también en un chino para comprar café fresco y manteca y mientras volvía caminando escuché desde la ventana de una de esas casas la música de un Wagner, era la obertura de Tannhäusser. Detuve la marcha, las cortinas se movían y dejaban ver a un viejo sentado a una mesa vacía, me apoyé unos segundos al lado de la ventana, cuidando de que el hombre no me viera, quería acompañarlo un rato en ese desayuno en una soledad a la que le entraba el frío y el fulgor alemán en un disco. Estar un rato así, acompañando a un viejo a esa inmersión musical oscura y brillante y lírica y violenta, sin necesitar saber si toda la materialidad de su desayuno eran esas miserables walkirias de voile que se inflaban con el viento porque era un jubilado pobre que vivía solo o si en su biblioteca tenía como joya un ejemplar de Mi lucha en letras góticas. Acompañar sin que me vean y sin que me importe nada, sin que mi pensamiento sea capturado por la memoria, ese dispositivo de identidad automática y sin fisuras; una tarea que siempre anhelaba y para la que nunca estaba a la altura.

Me entretuve junto a esa ventana por algunos segundos, en esa fanfarria wagneriana que es una marea que arrastra y empuja contra las rocas y a la vez te deja a salvo en una playa, me entretuve ahí todos los segundos en los que pude vivir libre de categorías, ¿dos, tres segundos?, en todo caso los estiré al máximo antes de que empezaran a caer como fichas de un dominó todos mis modales y me recuperara para el protagonismo fundamental de mi vida. ¿De quién sos vos?

Seguí viaje, cuando llegué a la avenida pasé por un kiosco de diarios y lo miré como a la foto de unas vacaciones en Miramar, hace treinta años. Seguí viaje, la espalda ahora llena de tibieza y vos dormido con la boca abierta, confundido en el edredón porque las sábanas se soltaron y nada impide que duermas en mi cama la mañana de un domingo lleno del sol del invierno.

Yo soy tuyo.

Otro domingo llegaste un poco después de la lluvia, completamente mojado, el pelo pegado a la cara y los anteojos empañados —me matan los anteojos, esas prótesis que promueven gestos tan ridículos y tan redomadamente sexys, ¡¿cómo es posible que haya gente que no use anteojos?! Me mataban tus anteojos. Pero llegaste empapado y tocaste dos timbres abajo y abriste la puerta del departamento con gritos asordinados de que ibas a mojar todo y que te ibas directo al baño así te sacabas la ropa. Cuánta fortuna, que un hombre entre a mi departamento gritando que va a desnudarse, cuánta fortuna; muchas veces, mientras era así de feliz, seguía haciendo lo que estaba haciendo pero en un lugar de mí mismo me detenía para dar cuenta de mi suerte. Si el amor es una psicosis, a mi locura se le agregaba la de una devoción absoluta por el funcionamiento del universo: que estuviéramos juntos era razón sideral, pura y dura razón sideral, era el bien de lo existente, la alegría absurda de que un cometa enhebre las órbitas planetarias buscando el sol. Y fuiste directo al baño dejando tu propia estela de agua y de partículas, igual que un cometa que choca violento, nos habíamos cruzado, un accidente listo para cambiar el plan original.

En la mesa estaba todo dispuesto para el desayuno, el mantel de hilo blanco, las tazas de loza blanca boca abajo como si estuviésemos en el vagón comedor de un tren, el plato con el cuchillo brillante atravesado sobre la servilleta, la jarra de agua y los vasos de vidrio impecable. Si me tocaba empezar el día, cuando lograba levantarme de la cama bien temprano antes de que llegaras, disponía todas las cosas para que nuestro encuentro fuese tan atractivo como pudiera, me encantaba proponer una jornada que recuperara cosas que me parecían perdidas. La nobleza de ciertos elementos, el rigor de una etiqueta que un poco nos sujetara y fuera incómoda, aunque eso pareciese tan solo una estrategia para cuidar que no se cascaran los platos. Lo que yo me ocupaba de obstruir era un acceso demasiado fácil a la ansiedad del deseo. A veces te quejabas de mis aspavientos, de tanto trámite, de que me gustara mucho imaginarte antes de besarte, que me encantara pensar en tu ropa interior y en cómo se disponía tu sexo adentro de esos pliegues. Mucho antes de tocarte me gustaba lo poco que podía ver de tu desnudez a través del cuello de tu camisa, como un varón heterosexual ante el tobillo de una mujer subiendo una escalera delante de él en un salón de té hacia finales del 800.

De lo poco que podía controlar me gustaba saber que en el sexo, aún entonces, aún después de cada vez, había un minuto previo en que el pudor me regalaba una incomodidad que agradecía como un rito. Adoraba saber que justo antes de tocarte inauguraba un desafío y una provocación, siempre eras una conquista, siempre éramos una conquista, y siempre éramos dos varones que, tal vez en honor a los que no podían, estábamos cruzando una línea.

Me acuerdo esa vez en la que alguien nos vio en la reunión de unos amigos y se animó a preguntarnos, con la noble intención de acercarse, con la torpeza de pretender aceptarnos, si éramos una pareja gay. Terminé pidiéndole disculpas por la sorna con la que le contesté, por decirle que desde luego vos no eras pero que yo te había pervertido. Esa fue la oportunidad perdida de un momento hermoso, el perfecto trampolín para defender nada, ninguna celebración más que el percance de estar entre los vivos y dejar que mi sexualidad manifieste su silencio atronador de no ser nada, una nada absoluta con unas ganas tremendas de mirarte a los ojos y estar tomados de la mano en medio de la reunión de pocos, en medio del secreto.

Me perdí ese momento por obediencia, por no reconocer cuándo la rebeldía no es más que frotarse contra las rodillas de un padre y pedir tanto su benevolencia como su castigo. Tantas veces me dijeron maricón cuando era chico, yo no soy nada.

Pero esa mañana llegaste empapado y fuiste directo al baño, te seguí y volví a mirarte: el pelo pegado a la cara, los lentes salpicados de tormenta. Te envolví con un toallón y empecé a reírme mientras te refregaba la espalda y la cabeza y vos te sacabas la ropa y me pedías que me apurara porque te estabas meando. Yo no podía parar de reírme y no sabía bien por qué estaba en medio de una fiesta, y más gracia me hacía que empezaras a enojarte por mi risa y a trabarte conmigo que intentaba ayudarte, parados los dos en medio del baño, tratando de sacarte la ropa y de secarte y de darnos el abrazo de la bienvenida a otro domingo juntos. Pero más me reía y a vos más ganas de mear te daban y lograste desembarazarte de mis manos y enfrentar el inodoro y bajarte al fin la bragueta y aflojarte al fin el cinturón y dejar que el pantalón se deslizara hasta tus rodillas, pusiste esa cara de alivio y yo que dejé de reírme de pronto y te vi el pito meando y no sé por qué suspiré profundo y se me llenaron los ojos de lágrimas y no pude detenerme la sed que se disparó de golpe como si se hubiesen abierto unas ganas antiguas que me perseguían y por fin viera a un hombre mear y mostrarme cómo se hacen las cosas de los hombres y cómo se dispone el cuerpo y ese chorro hermoso y cristalino y yo que no entendía por qué estaba a punto de largarme a llorar otra vez y por qué era la fiesta más feliz que recordaba y no aguantaba más y algo que no sabía y qué era lo que tenía que hacer y el cuerpo se me disparaba desobediente y no sé si vi una vez a mi papá tan de cerca, si me enseñó alguna vez cómo mean los varones y si yo lo hubiera dejado ser tan absoluto y tan íntimo delante de mí y qué mierda es estar con un hombre, qué mierda es estar con alguien, con el cuerpo de una intención arrojada al vacío, qué mierda es encontrarse, chocar de frente con el que no es familia y por qué ese dolor es sorprendente y es una ternura infinita y verte mear delante de mí con la misma liviandad con que las elefantas abren sus compuerta de hectolitros y mean mientras caminan y tu pito tan increíblemente hermoso y no saber qué pero tener la certeza de que sí y mi mano se pierde como un chico en la playa fascinado por el mar que lo llama y se mete en tu meo y se deja bañar por esa otra lluvia y levanto los ojos y me estás mirando mientras jadeo como si hubiese corrido millas y vos jadeás porque no sabés y se me vuelven a llenar los ojos de lágrimas y vuelvo a mirarte el pito y sigo respirando hondo y te enfrento y me siento en el inodoro, vestido frente a vos, con el pelo, los anteojos y pito mojados y los pantalones en las rodillas, y me dejo mojar vestido como estoy, quiero esa tormenta que trajiste, esa tormenta en la que me dejaste, que ese manto delicioso me apague la sed y nos miramos a los ojos mientras te ruego: meame.

Cuando terminás, cuando estamos los dos atormentados, me abrazo a tu pelvis y meto la cara muy adentro de tus pelos y me quedo así, en lo hondo, abrazado.

Fueron pocas las veces en las que pasamos una noche juntos, algunos sábados se añadían al domingo y esas eran sesiones especialísimas en las que había momentos en los que la intensidad era demasiado exigente. Una apuesta que podía incinerarse porque llegaba a su tope, entonces entrábamos en una incomodidad que nos hacía buscar los confines del departamento, cada uno por su lado. Los extremos de un departamento de dos ambientes no podían ser sino silencios distintos, silencios que relumbraban un cartel inmaterial que decía acá estoy para estarme solo, silencios que estaban bien y que también disfrutábamos, como si en esos momentos hubiésemos podido escuchar las cosas que habitualmente no se escuchan, el movimiento imperceptible de todo, las placas tectónicas de una cosa contra la otra, las manadas de sensaciones encontradas que emigraban desde el corazón a la cabeza de cada uno de nosotros.

Creo que era yo el que menos toleraba esos tramos de normalidad, como si en los momentos más ordinarios me hubiese vuelto transparente para vos, sin misterio y sin posibilidades: me convertía en un hombre gris, la imagen de un futuro probable que de chico me perseguía. Un hombre sin pretensiones, o con pretensiones tan por encima de sus posibilidades que por fuerza lo dejan afuera de todo; aun ese afuera era un lugar que percibía como propio y que elegí desde que apareciste.

No estaba mal que el espacio se metiera así entre nosotros cada tanto, que la incomodidad se posara entre nosotros cada tanto, no estaba mal que hubiera que cambiar de posición aunque fuera para tolerar lo que había que tolerar: nuestro vínculo como la certeza de algo que debía hacerse pero que también quedaba por fuera.

Yo me mantenía dispuesto a no hablar con vos de tus dominios, desde un primer momento supe con claridad que no iba a participar de más en nada, había decidido que de tu mujer y de tus hijos te ocuparas exclusivamente vos. Quiero decir que había decidido que de tus decisiones, de tus titubeos, de las mentiras a las que te sentías obligado con ellos y conmigo yo me ubicaba definitivamente por fuera y, aunque esa costumbre mía, esa decisión mía, esa especie de manía de solterón generara un destino a medida, sabía que no quería detener la experiencia de estar juntos, pero que tampoco podía alentarla con tretas que te aliviaran el peso de estar conmigo.

Estabas conmigo y eso ya era bastante desafío para mí, si acudía en tu auxilio, o si trataba de disipar tu posible angustia, nuestro vínculo no iba a ser más que una plataforma de reacciones frente a un mundo que conspira. Si yo estaba con vos, si accedía a que sucediéramos, no era ninguna militancia de nada para mí, era la manera que yo elegía para estar, poner el cuerpo sobre la superficie, ni avanzaba a la conquista ni retrocedía o entregaba lo ganado a quienes se suponía eran dueños naturales.

Yo buscaba una negociación con mi propia vida en la que no intervinieran ni las herencias pendientes, ni los deseos que quedaron insatisfechos entre mis ancestros, ni las leyes disponibles en la comunidad, ni la autoconmiseración ni mucho menos la culpa por vivir mi vida y no dar alaridos por los desposeídos. Aunque me entregara directo al fracaso, aunque me aventurara finalmente a descubrir que eso mismo era una reacción conocida desde siempre entre los míos, yo estaba dispuesto a dejar el cuerpo ahí donde parecía querer estar el tuyo por entonces: en el pequeño departamento de dos ambientes con balcón que yo alquilaba.

A simple vista parecía que vos eras el más arrojado, yo mismo jugué un poco con la idea de que vos eras el que más tenía para perder, el que más avivaba el fuego que desafiaba todo lo que tenías.

Pero yo también decidí estar con vos, una decisión que fue tan poderosa que todavía me sostiene; ese cálculo y esa negociación, que fueron tanto tarea como meta también fueron salvoconducto, también condena; mis posibilidades de supervivencia para cuando definitivamente me quedé por fuera.

Fueron unas cuantas noches de estar juntos, no muchas, unas cuantas; en las primeras había una ansiedad de querer aprovechar cada minuto que robábamos a la vida diaria, pero esa misma ansiedad pronto se volvió tonta. También nosotros tuvimos que aprender cómo emplear el tiempo, cómo dejarlo escurrirse improductivo, esas noches fueron la materia fuera de currícula en nuestra historia y por eso parecían extraordinarias. Pero lo extraordinario no sabe vivir, lo extraordinario en todo caso también es el aburrimiento que naturalmente tienen las vidas. Por fin lo extraordinario puede sacrificarse en orden de lograr la medianía y la ilusión puesta en cosas pasibles de ser compartidas como se comparten los días de la semana en una casa con fajina familiar y burguesa: un buen cabernet no exageradamente caro, un buen saco de cachemir o un buen par de zapatos cada tanto.

Supongo que inspirados por el vino y por el deleite de escuchar y contarnos las historias con las que
crecimos, al principio nos dábamos la lista de las ex-
periencias más graciosas o en las que habíamos quedado pasmados de dolor. Yo amaba oír los cuentos de
tu infancia y de tu adolescencia porque estaba seguro
de que me hubiera enamorado de vos de solo verte
posar los ojos en las cosas que decías que mirabas,
en los gestos que te extrañaban de la gente, en los
tramos quizá más ridículos de las escenas que se te
quedaron grabadas. La construcción de cada uno de
nosotros fue lo más importante que empezamos a
compartir, lo que más nos acercaba, descubrir que
de cualquier modo hubiéramos sido amigos, que hubiéramos levantado la vista entre el montón para que
nuestros ojos se encontraran en el mismo momento
en que algo particular nos llamaba la atención, que
hubiéramos festejado el fin de la soledad sin mencio-
narlo y conteniendo por pudor una sonrisa que se le
escapa a la comisura de los labios, que hubiéramos
inaugurado el comienzo de la era amistosa entre los
hombres, después de tanto correr para salvar el pelle-
jo del tarascón de los dinosaurios.

Así, una noche tinta y después de haber compartido algunos videos con los que pretendíamos ilumi-

narnos las caras como si fuesen joyas secretas que ven la luz desde su caja de terciopelo oscuro, empecé a hablarte de la gran abuela y de su pelo trenzado. De su cortedad de palabras y de afecto, de su hondura, de la familia inglesa de la que venía y de su gusto por el scotch straight y de su permanente enojo, una furia como de estar arrancada y entre extraños.

Hasta entonces la gran abuela había sido un personaje plano y más bien previsible para mí, incluso las escenas que sabía importantes de mi vida con ella empezaron a revelar su composición atómica recién en esas noches en las que las hice relato para vos. La gran abuela, una mujer alta y con ideas tan caprichosas como incuestionables, se hacía llamar así para ocultar su nombre de mucama inglesa.

De la gran abuela me quedan recortes que al principio me asombraban, me confundían, me ponían en cuestión casi todo; una mujer de notable presencia, pero todo el tiempo huida, difusa, una presencia que traía la herencia familiar, el tajo de un filo inadvertido. Una mujer con una enorme capacidad para abstenerse de negociar afecto.

Era grande ya y sus manías me seguían resultando inciertas, una mujer para nada cariñosa que tuvo el coraje de mirarme como poca gente me miró, con los ojos ansiosos y profundos, que preguntaban al mismo tiempo que ofrecían un secreto que nadie en la familia podía revelar. Esa mujer fue la única que logró verme, incluso mucho antes de que yo mismo pudiera saber algo de mí.

Cuando hablaba de los suyos la gran abuela decía que los ingleses eran silvestres, que el inglés era un idioma de gente brutal y que eso era lo mejor que tenían, que lo que en ellos era ramplón y grosero a nosotros nos tomaba años de modales, años de apatía, de sumisión y de tilinguería. Esa mujer tosca y elegante, que deambulaba siempre por los bordes de la familia exigiendo que nadie hiciera nada por ella, pero demandando la atención exclusiva de los ofendidos, era capaz de todo: solía lamentarse de que la conquista tuviera el sello de los reyes católicos y la mano de obra andaluza y lumpen, en vez de los escudos y los blasones con lobos de las casas de la Britania más neblinosa y más oscura.

Se quejaba de que las mujeres de la familia no fuesen más atrevidas y ambiciosas y solía burlarse de los poemas de Alfonsina. Siempre hablaba de sí como un estandarte ejemplar, de su juventud, de cuando fumaba los cigarrillos que ella misma armaba con tabaco crudo, de lo resuelta que había sido para manejar automóviles, como le gustaba nombrarlos. De todo lo que significó su opción de independencia desde muy joven, de todo lo que la ayudó a enfrentarse a una madre consumida por la obediencia y la falta de imaginación.

Esa vieja era capaz de encenderse por brevísimos instantes y casi al mismo tiempo ahogar sus bríos con lágrimas de furia que le subían a los ojos ante una familia a la que sus cuestiones, desde muy temprano en la historia, le resultaron indiferentes, poco atractivas. Esa mujer dejaba indiscutiblemente dicho y casi con violencia qué era lo ominoso, hasta dónde se podía estirar lo establecido y dónde había que conservarlo como a un bastión amenazado. Esa mujer fue capaz de un embate memorioso en la sobremesa de un festejo, estábamos reunidos y alguien mencionó a un varón homosexual que entró oblicuo a la charla de los adultos seguido por una andanada de gestos risueños y miserables. Entendí muchos años después que su escándalo fue una defensa, que en ese griterío estaba recibiéndome en el bajo fondo de la familia y asegurando mi lugar y mi pertenencia. La gran abuela, un caballero de la Orden del Arco Iris, que en medio de una trifulca ordinaria sentó las bases para un acuerdo común de supervivencia apenas me vio aparecer en el horizonte de nuestro linaje. Esa mujer me legó su afecto tosco, la preferencia por la distancia y la parquedad, la determinación para no negarme, para estar en paz conmigo aun cuando hubiera quienes pretendieran hacerme creer distinto. ¿Distinto a qué, gran abuela, a una cosa?

Esa mujer se fue a dormir aliviada la noche del 26 de julio de 1952 pero se incineró de una amargura negra que le duró para siempre el 16 de junio de 1955.

De la gran abuela tengo recortes asombrosos, un álbum de caprichos exagerados que la hicieron una loca extravagante, aunque tolerable por su poca expresividad, para una casa que había decidido ignorarla, mantenerla atada con los lazos de una denigración disfrazada de distancia y de silencio.

Fue recién esa noche, echado hacia atrás en la silla y con los labios morados por el vino, que le conté a alguien o que simplemente pude recordar y hacer el arqueo de lo que tenía en la memoria. Esa noche en la que cruzaste los brazos frente a mí, sobre la mesa, en la que en algunos tramos te dormías muy liviano y sonreías y no te acercabas para no desconcentrarme, para que siguiera recopilando datos de la historia de un reconocimiento mudo. No sé si hubo alguna más. O sí.

Vos me viste.

Un día de la infancia la gran abuela me había prometido un paseo, que íbamos a ir a conocer el Cabildo y la Plaza de Mayo, un plan que no ofrecía argumentos para rechazarlo pero que carecía de cualquier atractivo para mí. Entonces la televisión era en blanco y negro y me parece que, salvo el rojo, recuerdo que en la calle también todo era en blanco y negro, por lo menos era en esa infinita paleta de grises con la que se pintaba todo lo que aparecía en la pantalla. Llegó ese día y la gran abuela se arregló mucho, no se soltó el pelo, parecía dispuesta para una cita, cuando salíamos de casa me tomó de la mano y fuimos caminando hasta el subte. Caminar con ella por la calle era distinto y me entusiasmaba, mi abuela no era parecida a nadie, era alta y determinada, no les sonreía a los niños, a quienes no dudaba en mostrarles su desprecio, y no contemplaba nada de lo que se presentara en el camino. Caminar con mi abuela por la calle era raro, un entrenamiento inusual que no sé bien por qué templaba mi espíritu y me hacía más seguro. Mi abuela no iba a hablarme, solamente iba a indicarme las cosas que debía, en qué momento subir al vagón, dónde ubicarme o alguna cosa del trayecto que encerrara una información que a ella le pareciera importante. Nunca mencionaba a nadie, no hablaba de los nuestros ni de las personas con las que nos cruzábamos, supongo que para la gran abuela la gente era una carga y la vida de la mayoría una secuencia de cosas ordinarias y sin mayor sentido. La tarde de nuestra salida estaba muy elegante, elegante de esa forma áspera y tan clásica que ni siquiera necesitaba el ardid de los perfumes. Durante todo el viaje en subte estuvimos sentados uno al lado del otro, sueltos, hasta que llegamos a la estación de Plaza Miserere y a ella se le abrieron un poco más los ojos y se irguió un poco más en el asiento para poder mirar sin gestos que la descontrolaran mucho, a mí me pareció que hubiera querido tomarme la mano otra vez, no lo hizo. Las puertas del vagón se abrieron y entró al subte un malón de hombres y mujeres llenos de bolsos de cuerina de colores, llenos de bolsas de nylon que explotaban de cosas. Hombres de pelo mojado y muy peinado a los que les asomaba un peine de plástico en el bolsillo de atrás del vaquero, mujeres con remeras ajustadas que se reían en grupo o estaban solas y se apoyaban sobre las puertas cerradas para limarse las uñas o daban vueltas una gomita para atarse el pelo en una cola.

Después el tren siguió su marcha y anduvimos unas cuantas estaciones más hasta llegar a destino, yo estaba entretenido con el viaje y repetía todos los nombres de las estaciones para aprendérmelos de memoria y deslumbrar a los mayores al volver del paseo. Llegamos a Plaza de Mayo salimos del subte y yo ya estaba cansado, de todas las cosas que me podían entusiasmar, darles maíz a las palomas de la plaza, por ejemplo, mi abuela tenía una opinión contraria. Esos bichos, decía, y caminaba apurada tratando de tomar la mayor distancia posible de las bandadas que se revolvían sobre las baldosas o salían disparadas en montón a posarse sobre un viejo inmóvil o a perseguir como perritos de circo las manos de la gente que iba soltando los granos amarillos desde un paquetito de celofán.

¿Sos peronista?, me preguntaste no sé bien en qué momento del relato de mi abuela, no sé si echado sobre los brazos cruzados arriba de la mesa, medio dormido, o escuchándome en la penumbra del living, en dirección al balcón, la vista mucho más allá de donde yo estaba sentado. No me mirabas mientras te contaba pero lejos de parecer desconcentrado eso te mostraba como un escucha atento, como esos radioaficionados que encuentran el mundo recién en lo alto de la noche, cuando conectan su equipo para hablar con desconocidos perdidos en la bruma de la distancia y de pronto: QSL, la Humanidad.

Mi abuela me vio, me reconoció a través de un bosque tupido, pero nunca pudo acercarse para atestiguarlo, ni tener un gesto de complicidad directo conmigo, más allá de ese combate por todos los putos que dio en la sobremesa familiar, entre los habitantes de la casa, ese polo siempre al borde del deshielo, siempre contenido. Todo lo que hacía, esa misma salida que empezó con un viaje en subte, por caso, eran confirmaciones de algo para mí, algo que no sé si ella siquiera avizoraba, siquiera si sabía. Esa tarde nos sentamos en la plaza, en uno de los bancos de madera en el camino del centro, el sendero que conduce a la Pirámide de Mayo. En un momento me miró y me dijo: ¿tenés sed?, vamos a sentarnos allá, y señaló una de las fuentes que estaba casi enfrente de nosotros. Se paró y empezó a caminar un poco más fatigada, un poco menos recta, yo la seguía detrás, copiaba cada uno de sus movimientos, ella se sentó en el borde rugoso de la fuente, yo me senté en el borde rugoso de la fuente; la miraba súper atento, tratando de advertir qué movimiento sería el próximo. Entonces se soltó el pelo, después se llevó a la boca dos invisibles que le sujetaban la mata blanca contra la nuca, mientras sostenía los invisibles sus labios no se fruncieron, más bien se humectaron, se volvieron amables. Metió los dedos entre el pelo largo y lo desenhebró con una soltura que me dejó perplejo, parecía otra mujer, una mucho más joven y dispuesta a volver al agua, la fuente le devolvía algo desconocido para mí pero que era evidentemente suyo. Mi abuela, sentada en la orilla de la fuente, podía sostener los invisibles, podía sonreír y abrir la cara, podía soltarse el pelo y que le cayera sobre los hombros y siguiera mucho más allá.

Después se puso de costado, casi de espaldas a mí, que seguía arrobado y atento esa especie de conversión, ella metió las manos en el agua, las dejó quietas por un momento mientras las balanceaba como si estuviese tocando el mar de una costa a la que llegaba después de toda una vida muy lejos. Yo la seguía sorprendido, sin dejar que ningún gesto se me escapara, todo lo que estaba haciendo mi abuela era nuevo y parecía cargado de un sentido que no le conocía; estoy seguro de que si hubiese sido yo el que tocaba esa agua me hubiera observado severa.

Se mojó bien las manos, entonces las sacó del agua y se las llevó a la nuca para humedecerse el pelo ahí, recogiéndolo otra vez, agrupándolo otra vez, otra vez haciéndolo uno. Volvió a armarse el peinado enrodetado y clavó los invisibles en los sitios exactos en los que un ingeniero hubiera recomendado fijar las columnas de un puente entre ciudades. Mi abuela sonreía.

—Shall we go?, estoy cansada —dijo y soltó una carcajada hermosa.

Nunca me llevó al cine, ni me llevó a comer a Pumper Nic, que era todo lo que yo quería, ni me leía a la noche ni me hacía milanesas. Lo más divertido junto a ella era tomar el subte o tomar un taxi; bajar la ventanilla y poner la cara ahí, el mentón apoyado en ese borde y el viento en la cara y sobre el flequillo.

Esa mujer tenía unas trenzas blancas que se anudaban en la nuca y estaban llenas de secretos. Esa mujer fue mi propia abanderada de los humildes, una ninfa que vivió un rato para mí a la orilla de las aguas principales. Esa mujer me legó un amor que pude profesarle sin expresiones ampulosas, una corriente caudalosa que me unió a ella como a ningún otro de los míos. También me enseñó la indiferencia, la guerra arrasadora entre deseos y aspiraciones, la posibilidad de una vida propia y al margen, una vida resguardada del vicio de los familiares con su afán de paparazzis.

Esa mujer me eligió para algunas cosas. Mi abuela, que puso las manos en la fuente. Que me vio.

En esos desayunos que se hacían almuerzo podía comer sin parar, o mejor, en esos segmentos con los que organizábamos el tiempo podía quedarme a vivir durante todo el día. Un bocado tras otro, en medio de pausas y de tragos de agua o de sorbos de vino o de un té que se iba enfriando y volviéndose un terciopelo cada vez más astringente; un bocado tras otro de alimento que satisface y nunca termina de hartar.

No sé si alguna otra vez sentí tan justamente saciedad y hambre, no sé si alguna otra vez estuve tan pendiente de la angustia del próximo bocado, de la siguiente mordedura, del acopio necesario para llenar las alacenas de la ansiedad ante el invierno que se avecina. Quizá era cierto que estaba bien y suelto y satisfecho, quizá era cierto que la llegada del hombre al planeta era todo lo que necesitaba. Pero uno de esos días comunes de la semana, el tiempo entre nuestras parcelas de domingo, empecé a tener hambre, una sensación extraña referida a vos, algo que ni siquiera atisbaba en la torpeza de nuestros primeros encuentros. Hambre, quería más, otro bocado y no de lo mismo; era un hambre nueva, un apetito que se había presentado y que, supe, a medida que se me hacía inocultable, no iba a poder disimular ni con todas las prevenciones que me imponía.

Yo había elegido esa manera de vincularme, nunca busqué una pareja estable ni alguien que pudiera corresponderme con proyectos de una vida en común, yo nunca había querido la materialidad ordinaria de lo que estaba acostumbrado a ver en mis amigos, en las parejas de mis amigos, esa negociación permanente con el tedio, con el odio, con la reconquista. Pero el hambre llegó como una confirmación de mi no mundanidad, algo de la espléndida torre de mi sufrimiento empezaba a mostrar su revoque común, un estuco sino falaz, por lo menos, más normal de lo que hubiera preferido.

—Un almuerzo con vos, con tu mujer y tus hijos, en tu casa, uno de nuestros domingos. Quiero conocer a tu familia.

—¿Estás seguro?

—No.

Eras el más valiente de los dos, yo actuaba una soltura que no tenía y que resultaba más sencilla: un hombre que vive solo y cada tanto recibe a otros hombres. Mis vecinos no esperaban ninguna otra cosa de mí y el imaginario que le correspondía a mi pretendida marginalidad en todo caso también era un galardón con el que me floreaba ante mí mismo. Vos eras el más valiente, casado y padre de dos hijos, abriéndome un escote en la camisa, me rozabas los pelos del pecho con los labios, la respiración muy cerca, te detenías ahí, en el círculo de piel oscura, aunque la cercanía te impidiera verlo. Lo mirabas como en una percepción ciega, puro físico, como se mira en la noche del sexo, lo mirabas con los labios, con la respiración, dos columnas de aire caliente y entrecortado que te salían de la nariz antes de sacar la lengua y merodearlo con la punta, antes de mordisquearlo y llevártelo a la boca succionando como si pudieras tragarlo, como si pudieras disolverlo como las arañas disuelven a su presa adentro del traje de seda con la que la inmovilizan para tenerla despierta y a su disposición mientras la sorben. Vos decías pezón, yo decía tetilla. Vos decías que tetilla era una palabra de revisación, de vestuario, una palabra contraria al origen viral del lenguaje, una palabra desafectada, desinfectada, sin sensualidad. Yo decía que los varones teníamos tetillas y que aunque te esforzaras mi leche no iba a salir de ahí, que ese era el milagro del amor entre varones, el milagro de lo materialmente improductivo. Me volvía loco verte trabajar, sentir la dedicación con la que te dabas a chupar de esa fuente vacía, un operador suave que me acompañaba en el amor a la esterilidad, un amor perfecto para mí, el amor a la inutilidad, a la pura sospecha de que nada importa demasiado más que hacer abrir esa flor y humectarla y hacerla erguirse en esos puntos que sobresalen mientras me agarrabas la pija con la mano firme y bombeabas despacio y lanzabas los dedos presionando los músculos para buscarme el culo y volvías al cuello para morderlo violento y me tirabas del pelo de la nuca para mirarme bien a los ojos, para mirarme bien a la cara, para lamerme la cabeza, para abrirme la boca y escupirme y volver a sorberme, a morderme los labios y a agarrarme la pija con esa mano llena de autoridad para agarrarme la pija, la mano incorruptible de un papa medieval, la mano perfecta para mi pija, hecha a la medida de mi pija como los anillos para los dedos de los novios en la boda más blanca. Y volvías a mi pezón, a mi tetilla y le pasabas la lengua plena como un gato y alejabas un poco la cara humedecida y con los ojos adormilados, como cuando uno se despierta de la siesta, y mirabas esa flor de masculinidad abierta y te dejabas caer, la boca al frente, puro peso del hombre que busca alimentarse de una fuente seca, ansiosa por recibirlo.

Una tarde nos fuimos caminando a la confitería sobre Medrano, en la cuadra de enfrente a Las Violetas, casi llegando a la esquina de Peluffo. Caminamos unas cuantas cuadras de a pasos lentos y largos con la percepción estallada por el miedo inconfesable a que nos sorprendieran juntos y por el deleite de estar desafiándonos. Te gustaba retomar conversaciones, discusiones políticas que habíamos dejado en la mitad de alguna otra contienda —me divertía mucho interrumpir tus párrafos más comprometidos y preguntarte muy serio si eras de FSOC, la risa por tu ira me duraba muchos días y la hacía rendir en los momentos más oscuros—, te gustaba hablar en medio del silencio y traer una asociación del instante que se enhebraba con chistes que repetíamos, con maneras de mirar la misma cosa, armabas frases no muy largas aunque muy decentes que referían con toda intención a cuestiones de una intimidad tal que podía hacerme parar la pija y ponerme rojo de vergüenza a la vez, no por la erección, sino por la forma que usabas para ponerte procaz, para hablar de nuestras cogidas sin venir de ninguna tradición, ni Stonewall, ni la recova de Retiro, ni la avenida Santa Fe de los 80, ni el Tigre durante la dictadura, sin haber merodeado como perro loco los taxis en el bajo, ni haberte ido de pesca por horas a los baños de Constitución. Tenías una forma completamente elegante de provocación, un descaro que me deslumbraba, de pronto lanzabas un comentario que podía ser tan normal como tonto pero que traía una clave porno y llena de una alegría que arrastraba también un poco de dolor, un recordatorio de la cueva a la que estábamos obligados.

Fueron muy pocas de esas caminatas, lo nuestro era el interior, encontrarnos puertas adentro en la atmósfera controlada de la cápsula de mi departamento, en la plataforma al atardecer que montábamos en el balcón, con copas de vino que alzábamos al cielo porteño y a la vista distante de los vecinos a los que yo puteaba.

Estar juntos en la calle fue una aventura que enlazaba esferas y traía un poco de piedad a los momentos en los que me castigaba porque el mío era tan burgués como cualquiera de los amores que paseaban de la mano por Salguero, por Yatay, por Hipólito Yrigoyen.

La última vez, esa que fuimos a la confitería sobre Medrano, era una esplendorosa tarde de otoño, fría y con la mejor versión del atardecer. Es un hecho, los atardeceres del otoño en Buenos Aires son una medida del cosmos, no hace falta haber viajado para saber que esa traducción de la luz es la de registro más fiel, la más pegada al original y a la vez la más valerosa, arriesgada y lírica. El otoño en Buenos Aires es el otoño.

Caminábamos en silencio y llenos de bufandas, yo usaba tu saco de lana y debajo tu suéter verde que me ponía para todo, hasta para dormir en los días entre la semana, iba pensando en nosotros dos y repetía como un mantra que me asaltaba *¿quiénes seremos, los memoriosos, los ausentes?* Entonces sonreí un poco amargo y volví a pensar en lo nuestro: a esa puerta la abrí confiado, no sé si blandiendo las banderas de lo gay, aunque sí demasiado seguro en una identidad cristalizada, un resumen de todos los lugares comunes con los que solía presentarme ante los demás. Vos entraste abriéndote un camino nuevo, un adelantado sorprendido de sí mismo y con pudor, con todo lo que habías construido de la mano, con tu mujer y tus hijos, lleno de ganas y de nobleza, lleno de ingenuidad.

Sos la persona deslumbrante, con la que más me aventuré, a la que sigo hablando.

Esa tarde llegamos a la confitería, sacamos número y nos ubicamos entre los clientes que esperaban, una pequeña muchedumbre de cuerpos abrigados en una panadería del barrio de Almagro.

Estaba en una especie de éxtasis tranquilo, puro agradecimiento, aunque se avecinara el destino, torcí la cabeza para buscarte la mirada y cuando me encontré tus ojos te dije:

—Eh, tú, sujeto de la Historia.

Entendiste todo. El perfil de tu palma rozó el perfil de la mía, como si pudiéramos darnos la mano, en esa tibieza nos quedamos hasta que una señorita voceó nuestro número y nos adelantamos para pedir lo que queríamos.

Cuando terminaste de pagar enfilé para la puerta como distraído y cuando pasé por detrás de vos te dije puto muy cerca del oído, bajo, pero con la vana ilusión de que me escuchara la cajera. Salimos a la calle, la puerta de la confitería se cerró detrás de nosotros, el otoño estaba más oscuro y más frío, empezamos a volver sin mirarnos.

Re, me contestaste.

No pude haber escuchado los pasos que se pusieron en marcha cuando toqué el timbre, aunque me queda la sensación de percepciones muy profundas ese mediodía, como la de haber podido escuchar esos pasos, haber visto la escena aun con los ojos cerrados, con los párpados caídos, antes de que se abriera la puerta. No pude haber escuchado, pero después del recorrido de sus pies debe de haber levantado la mano para agarrar el picaporte y tirar para sí. Abrió y por detrás se veían los vidrios repartidos de una gran puerta ventana, más atrás el sol sobre el césped y una escena móvil, claramente sostenida por los marcos de esa abertura y por el confort de un guion familiar. Había música, un ruido en el que sonaban cosas, voces, melodías como de Debussy mezcladas con desencadenamientos torpes, derrumbes de objetos de esos que no importa si se rompen, notas graves y sostenidas que de pronto eran interrumpidas por una fracción de risa, una carcajada infantil que rompía como la cresta de una ola espumosa sobre el agua sólida y densa.

Abrió la puerta y finalmente estuve ahí, en el umbral, quieto frente a una escena que se hacía cada vez más profunda y, pese al ruido, cada vez más silenciosa.

¿Puede abrirse la puerta del mar? Abrió y aunque no podía ver porque su silueta estaba oscurecida en el contraste, sonreía, yo sabía que sonreía. Había llegado nervioso, muy tranquilo, como si me hubiera acercado hasta la orilla de algo que no consideraba demasiado peligroso y de pronto se hubiera abierto ante mí la roca que pisaba, la roca viejísima de ese umbral sobre el que había querido posarme, una formación natural de la Tierra, el umbral que señalaba toda mi antinaturaleza, toda mi amoralidad y mi distancia absoluta con las cosas comunes de la vida humana.

Había llegado con la calma de quien se aviene a una caminata por el verde de sus días sin trabajo, pero me enfrentaba sin saberlo a la estación de los tifones. Yo había querido todo eso, lo había pedido con la certeza de que debía serme concedido y con una soberbia e inconsciencia que desconocía; entonces creía que mis sacrificios debían ser alabados por todos, que mis ofrendas silenciosas debían ser naturalmente respetadas y admiradas con honor de samurai. Tenía la misma percepción de cuando abandoné la secundaria para no participar de ese festival de estupidez impúdica y de persecución que eran los colegios durante la dictadura: no puedo colaborar con esto, me voy, la sociedad civil va a reconocérmelo más tarde y va a darme el lugar que me corresponde por un gesto valeroso. ¿Reconocerme qué, el arrojo de haberme echado al costado de la vía creyendo que libertaba a mi generación y después el arrojo de haberme enamorarme de un hombre casado y pretender que no esperaba nada, de haberme pensado sin complejidad, en los términos tan sintéticos del cine que veía en esos años?

La puerta se abrió, era el umbral lo que se abría frente a mí y yo quedaba en la dimensión verdadera del impulso que había seguido con total ingenuidad: yo había pedido estar ahí y ese deseo me había sido concedido.

Abrió la puerta y lo que vi parecía ondular, parecía tener un tempo y un ritmo propios, una aguamarina con zonas espiraladas que se oscurecían y que nunca se aquietaban.

Abrió la puerta y me sonrió, ese domingo almorzábamos todos juntos en su casa y ella abrió la puerta y sonrió una sonrisa suave y tranquila, no alegre.

—Un vaso de agua y una copa del vino que estamos tomando —dijo— para empezar, ¿qué te parece?

—Una copa de vino está muy bien, gracias.

Y desaté los pies del umbral para entrar a la casa, a ese vestíbulo que antecedía al living y al jardín de atrás enmarcado en una pared de vidrios rectangulares con los bordes azules. Una pecera perfecta. ¿Dónde estás y por qué mierda no fuiste vos el que me abrió la puerta?

Ella me acercó una copa con vino blanco, una imagen fresca de toda frescura, un vino radiante que fulguraba pasto desde lo más hondo cuando el sol lo atravesaba durante la pequeña marcha de mis pasos.

Yo sostenía la copa, tenía que nadar sin desesperarme por llegar a cada orilla que encontrara y no había previsto que esa familia viviera adentro del agua, no había previsto que otros mundos pudieran existir además del mío, lleno de aire seco, controlado.

Todo el tiempo me recordaba no dejarme acorralar por la humillación, todo allí era luminoso y mis manadas se desconciertan en la luz, nosotros somos bestias de penumbra, todos los que soy, todos los que fui también en ese mediodía, somos bestias de penumbra.

Desde el living podía ver cómo él jugaba con sus hijos al sol detrás de la ventana, corrían y se perseguían y se agarraban y gritaban y su voz era distinta. Yo me ahogaba, boqueaba como ese pez anaranjado que saqué de la pecera cuando era chico y dejé sobre el escritorio hasta que se quedó tan quieto que volverlo a su casa líquida apenas pude no fue suficiente para resucitarlo.

¡Llevame a esa escena en tu jardín, hijo de puta!

Me ahogo, pensaba. Me di vuelta actuando naturalidad, cada uno de mis gestos, hasta el más pequeño, consumía todo el oxígeno de mi sangre, la miré y le dije:

—Está bien, quiero un vaso de agua.

Nos sentamos en los sillones del living frente a la gran ventana, era un ambiente grande y claro; sobre la mesa ratona estaba la poesía completa de Amelia Biagioni de Adriana Hidalgo, un libro lleno de hojas con la punta doblada. Debajo de ese libro había otro pero no alcanzaba a leer ese lomo lastimado por el uso. Ella se levantó, fue hasta la cocina, justo al lado de donde estábamos, volvió y se acercó hasta mí. Dejó junto a los libros un gran vaso de agua, chocó su copa con la que yo había dejado sobre la mesa y dijo chin-chin sin mirarme. No había cinismo en su voz ni en el aire que se movía cuando ella pasaba, no había desdén y no había nada de lo que yo pudiera agarrarme para armar una estrategia propia. Estaba desesperado, miraba fijo los libros, quería hablar pero lo que tenía adentro era un vacío total y la urgencia de que todo estaba sucediendo y no faltaba mucho para que él entrara con sus hijos y todos compartiéramos una escena para la que yo, definitivamente, no estaba preparado.

—¿Te gusta Biagioni?

Levanté los ojos llenos de angustia, quería pedirle perdón, quería salir corriendo, dejar todo así como estaba y no verlo nunca más. De pronto mis domingos del amor sibarita me parecieron la historia de la frivolidad y del dolor, del egoísmo y de la indecencia.

Tenía que tomar agua, concentrarme un rato en eso, uno de esos brevísimos ratos en los que es posible focalizar en medio de la marea y congelar el resto de la escena para salir del paso. Tenía que tomar agua, ese fondo del mar en el living cambiaba de manera constante y me dejaba extasiado por una sed que no iba a poder calmar. Tenía que tomar agua y me aguardaba un futuro próximo de verdadera arquitectura: llegar al vaso junto al libro y no volcarlo, llegar naturalmente al vaso y que mi fe en que pudiera hacerlo sin estrépitos ni inundaciones pareciera normal. Si me quedaba quieto se iba a notar mi incomodidad, mi decisión de no aceptar ninguno de los ofrecimientos de esa mujer que se forzaba a una sonrisa tenue, incómoda, sentada en un sillón, enfrente de mí.

¿Qué iba a pasar cuándo apareciera él desde el jardín lleno de sol, a cuál de estos dos cuerpos echados en el living se iba a mostrar deudor en las caminatas con las que uno se mueve por su casa? ¿Y cómo me iba a saludar, cómo iba a dar cuenta de nuestro amor frente a los suyos?

¿Cómo pude tensar tanto la cuerda y pensar que esta escena me correspondía, cómo pude atreverme a estas ínfulas de participar del lado luminoso de la vida de ese hombre? Yo había aprendido muy bien a deambular en la pubertad, tarde en la noche, por los lugares donde se negocia el amor de las sombras. Y si no había aprendido, por lo menos había aceptado con convencimiento que yo podía permanecer ahí, esperando el encuentro, esperando que los canas que salían de cacería no fuesen demasiado crueles.

Me ahogo, tengo que tomar agua.

—*Mi sombra, mi pasión, mi razón, mi relámpago* —intenté sin demasiado éxito por su cara. Volví a probar: La leí por primera vez una tarde en la terraza, casi atardecía, la lectura de esos poemas me llenó de un entusiasmo un poco exagerado, leía y se me caían las lágrimas. Un poco por la brutalidad del descubrimiento, otro poco por saber que para cuando yo la leía por primera vez ella ya se había muerto; mientras pasaba las páginas tenía la fantasía de que iba a su casa y me servía scotch de una de esas whiskeras de cristal labrado, la mano llena de anillos de piedras negras. Una tontería, llegué tarde, esa es una costumbre de la casa.

En ese parlamento me sorprendí por lo solvente, de alguna manera mientras braceaba penosamente creyendo que nunca llegaría pude responder con algo de soltura y pude tomar el vaso sin volcarlo, pude tomar un buen sorbo de agua y pude mirarla. Si no a los ojos pude recorrerle la cara con detenimiento y haciéndome el distraído le seguí los labios y los pómulos que se elevaban, las marcas a los costados de la nariz que bajaban a la boca, las cejas, el recorte de la mandíbula. No me parecía linda pero tenía algo que la hacía despampanante, no sé si era el modo en que la boca se le hacía bien redonda cuando pronunciaba la o, o el modo en que se le ovalaba cuando decía la a. Hablaba muy tranquila y parecía segura y todo lo que transpiraba era feminidad, una manera muy animal de estar frente a mí, muy suave y sutil, muy fuerte y poderosa. Era una mujer sentada en un sillón y yo ya tenía fantasías de acercamiento, ya quería olerle el escote y volcarle ahí un poco de vino, acariciarle el cuello con el dorso de los dedos. Cuando abrió la puerta no me había parecido muy atractiva y ahí estaba frente a una animal segura de sí, exudando su manera de ser mujer con naturalidad y potencia. En el momento de mi mayor enamoramiento, cuando la sed había casi agotado las reservas de agua del vaso que sostenía en la mano mientras conversaba, llegó él. Abrió la puerta y soltó un grito a sus hijos para que jugaran en el sol del jardín un rato más, se acercó a mí por detrás y puso las manos sobre mis hombros, al costado del cuello, apretó fuerte y con los pulgares me acarició detrás de las orejas, me besó la mejilla justo en la comisura y dijo: —Te vi entrar, te saludé pero no me miraste, levanté la mano para saludarte, qué lindo verte parado en el umbral, te estaba esperando.

Salió detrás de mí, se alejó unos pasos y se fue a buscar un vaso de agua y una copa, dejó todo sobre la mesa ratona y volvió a irse para volver con la botella de vino. Se sentó al lado de ella y le besó la mejilla, estaba serio, tranquilo, para nada grave; yo estaba completamente fascinado, nada de lo que sucedía me resultaba afín, todo me parecía nuevo, quería quedarme así para siempre, en esa suspensión de sensualidad esplendente y quieta, en ese erotismo que no desbordaba.

Se abalanzó sobre los libros y sacó el de abajo con un movimiento admirable, económico, elegante.

—¿Lo leíste? Quería regalártelo pero no se consigue —se estiró por sobre la mesa para dármelo y la miró con intención—. Tal vez ella pueda prestártelo.

Tomé el libro y miré la portada, tuve el recuerdo velocísimo como un relámpago de una calle en la que había estado en New York, una calle sin demasiada importancia, en el Soho, pasaba por la vidriera de una cervecería y miraba de un modo impreciso a nada específico, una tarde hacía casi diez años, una tarde de la que nunca me acordaba, uno de esos recuerdos que no tienen nada de particular aunque uno de pronto los recupere con un sentido exclusivo, una manera de estar tan inadvertida como contundente. No había nada en esa calle ni nada en ese momento, salvo que había estado ahí, tal vez alerta, tal vez en uno de esos segundos de presencia completa. Tal vez por eso lo había olvidado, tal vez por eso venía ahora ese tramo de pasos neoyorquinos en una tarde en la que no había sucedido absolutamente nada.

—Habitaciones, Emma Barrandéguy —leí en voz alta y enseguida volví a la escena y a la lucha fatigosa de no dejarme arrasar por la humillación, por el deseo, por la envidia.

—No presto mis libros, pero si volvés una tarde tal vez puedas leerlo acá, es cierto que no se consigue.

Debe de haber sido otro domingo, aunque creo que fue un sábado a la tarde, y no da igual, no daba igual. Los domingos eran los días acordados, en esos días todo lo que sucedía era maravilloso, aunque de una maravilla también previsible. Salimos a caminar porque hacía varias horas que estábamos quietos en el departamento y en esos momentos se acumulaba algo que no terminábamos de entender, una especie de aburrimiento que supongo que nos daba un poco de miedo. Ese aburrimiento mortal que me viene cuando estoy con vos, cantaba Gainsbourg, y que a nosotros nos incomodaba mucho, como si no saber qué hacer cuando uno está con otro fuera tan distinto de no saber qué hacer cuando uno está consigo mismo, o ese no saber qué hacer en los momentos de mayor intensidad y de mayor frescura. Nosotros también compartíamos un afán productivista, como en secreto también hacíamos las cosas para que rindieran frutos, también poníamos nuestra mejor cara para cosechar momentos agradables, también planeábamos, aunque creyéramos que no, una idea de futuro. Y el aburrimiento es puro presente, pura incomodidad, pura conciencia cuando uno mira al cielo y sabe que está bajo el incomprensible maremágnum de estrellas y de vacío y de nada.

Pero esa tarde estábamos en casa y creo que percibíamos el peligro de empezar a relamernos las heridas, cualquier cuarto puede convertirse en una leonera si no se organiza una mínima voluntad que se construya frente al pavor del aburrimiento.

No sé si era así, tampoco sé si no era el dolor que en algunos momentos nos embargaba, tal vez por estar separados, porque nuestro acuerdo de domingos a veces quedaba flaco y no había manera de reclamar nada porque nuestra vida era así de perfecta. No sé si no era ansiedad por acumular deseo, tantos días en la semana aunque estuvieras ocupado y tu vida te encantara, no sé si no era un contacto estrecho con la imposibilidad de perdernos de todo y tener por fin una vida completamente juntos.

¿Qué querés?, me preguntabas a veces y a mí se me cortaba el aire y el diafragma era una piedra que me dejaba la respiración cortita, mínima entrada de oxígeno para seguir existiendo y todo susto para una inspiración completa que llenara de oxígeno la sangre y la sangre de deseo.

Pero esa tarde tiene que haber sido sábado porque teníamos tiempo y era el principio de nuestro encuentro, estábamos en casa y estábamos enamorados, algo dolía, tal vez el disloque de un día distinto en nuestra agenda amorosa, tal vez demasiada quietud para una tarde que invitaba a caminar, a mostrarnos juntos.

Estábamos en casa; desde el balcón se colaba esa luz que da ganas de salir de inmediato porque los rayos tienen la gradación perfecta, un brillo suave que no se demora por demasiados minutos y hace que los edificios, los árboles y el cielo mismo irradien algo que parece salirles de adentro, una especie de espíritu de capitulación melancólica en el que todas las cosas aceptan que son parte de lo que existe y que después de todo, después de tanta historia, de tanta obcecación de la naturaleza, existir no es tan horroroso. Ya era primavera pero el frío no se iba, ya eran los días alargados de septiembre pero el frío dejaba a agosto como reino y nosotros parecíamos súbditos respetuosos de la decisión de ese soberano.

Salimos a caminar; aunque nuestra primera escala fue el balcón, nos pusimos las camperas, yo elegí la tuya para abrigarme el doble, nunca se gasta ese truco, nunca se termina de colar la tibieza y siempre queda algo del aire alrededor, algo del cuerpo inmaterial, el otro como una idea que basta para hacer frente al frío.

A vos te quedó la mía, te subiste el cuello y en un acto reflejo aspiraste mucho aire por la nariz como para llenar los tanques antes de zambullirte. Abriste la puerta ventana y mientras se deslizaba salí primero y detrás viniste vos, los dos dimos un paso afuera y nos quedamos quietos, como centinelas reconociendo el campo antes de la consigna.

Frente a nosotros se abría la tarde que se iba, una región del día que llegaba imponente y vulnerable; después de recorrer el aire unos instantes avanzamos y quedamos acodados sobre la baranda, una especie de estaño en el que solo podríamos beber esos minutos tan raros que se alargan, como si se escurrieran al resumidero del horizonte desde mi balcón, una línea quebrada y superpuesta de edificios.

Nos quedamos así unos minutos sobre la copa del paraíso que crecía en la vereda, los pájaros volvían con un vuelo tranquilo y hasta a algunos podíamos verles los lomos cuando se acercaban. Entonces tu meñique derecho se subió a mi meñique izquierdo, nos quedamos así, creo que los dos sonreíamos un poco, pero esa sonrisa era una marca múltiple que también daba cuenta de la pena. No sabía qué, no tenía idea de qué sucedía, más que estar pasmados por ese trecho gradual en que la oscuridad lentamente se impone y convoca al silencio. Ahí estuvimos, creo que no me preguntaste qué querés, pero creo que mi cabeza era un tonel vacío en el que estaban todas las respuestas: que te quedes conmigo para siempre, que me dejes, que sueltes todo, que abras los brazos y me recibas, que no hubieras aparecido, que mi vida sea un poco más idiota, que pueda mezclarme con la gente y hacer parejas como sociedades de beneficios mutuos, que me dejes, que te vayas para siempre, que tus hijos me reclamen, que te mueras. Que te quedes conmigo para siempre.

Era un miércoles cuando llegué al geriátrico: es una tarde preciosa, todavía hace un poco de frío pero hay un sol espléndido, papá, nos abrigamos bien y vamos a caminar un rato, ¿te parece? A mi padre se le alumbró la cara como con ese mismo sol, lúcido y fresco, con un gesto lleno de ilusión que se agregaba al de alegría y tristeza que tenía su cara cuando me veía aparecer, cuando lo visitaba.

Entonces me dediqué a cambiarlo, un buen rato a regular muy bien los movimientos con los que primero lo desvestí y aproveché para tocarlo lo más que podía, esa piel suavísima y húmeda, con una tibieza que parecía írsele veloz. Cómo me hubiera gustado haber tenido a mano una polera de algodón para abrigarlo mucho, lo abracé, te quiero, papá, él solo me decía hijo. Le puse una camiseta, arriba una camisa de viyela de cuadros azules y verdes, arriba un buzo liviano de algodón, un suéter, su pantalón de corderoy y sus zapatos de felpa, una bufanda de muchas vueltas y su sacón.

Cuando terminé de vestirlo se quedó parado mirándome, era un muñeco gordo y respiraba pesado por la fajina a la que lo había expuesto; le sonreí y él me devolvió esa sonrisa que siempre tenía dispuesta, volví a abrazarlo. Le saqué el suéter y no dejó que le sacara la bufanda, le puse su gorra.

Salimos a la calle, íbamos en silencio y caminábamos despacio, cerca uno del otro, sin hablar y sin mirarnos, era imposible no adorar esas caminatas y no estar celebrando por dentro, paladeando los pies sobre los montones de flores ínfimas de los paraísos desperdigados en la vereda.

¿Qué va a ser de nosotros?, pensaba yo. Llegamos a la plaza y a pesar de mi temor la primavera se imponía evidente, fuimos paso a paso por el costado donde hay un pequeño bosque de jacarandás, estaban en flor y parecía que nevaban lilas en medio de los troncos y sobre el césped que pisábamos.

—Jacarandá —dijo mi padre como para sí mismo cuando pasábamos junto a uno; y jacarandá, volvió, un poco más alto, al momento de rozar otro de los árboles. Esta vez señalaba a la copa florida por encima de nosotros y me miraba, jacarandá, seguimos caminando. A los pocos pasos dijo cesto y me miró, y dijo piedritas rojas del camino y me miró, y zapatillas de un nene que corre y me miró. Yo me reía pero estaba un poco confundido, sus ojos parecían calmos y desesperados, parecían urgentes y dispuestos a llorar mares si no lograba comprender lo qué me estaba diciendo. Y seguimos caminando lento mientras señalaba las cosas y las nombraba para mí, cordón, perro, reja, aire, señora, asfalto, triciclo, padre, hoja de roble pudriéndose en el suelo, avenida a lo lejos entre el verde, chicas lindas que toman mate y leen, nene solo que camina con cara de transportar el dolor existente, amigos que gritan, vieja con bolsita de polietileno llena de alimento seco para gatos,

gatos que vienen maullando dóciles, hombre, dijo, me señaló y se detuvo, hombre y el dedo apuntó a su pecho. Después levantó la cabeza y sus ojos se calmaron, mundo, dijo. Me pareció que su cuerpo temblaba. La caminata recién empezaba y ya parecía milenaria, yo tenía la respiración baja y pensaba en mis alveolos como copas de plátanos llenos de brisa. Paremos un poco, le dije, quiero acostarme un rato en la Tierra. Llegamos a la zona de los pehuenes y mi viejo se sentó en un banco, yo me eché a su lado, necesitaba darle las vértebras al suelo bajo el pasto.

Mi viejo se incorporó un poco y me preguntó de qué me estaba acordando, después de hablar se quedó carraspeando, entonces le solté lo que me había aparecido: que tenía un amigo salteño que decía que la idea de la naturaleza era un berretín porteño, una ilusión de la clase media urbana que soñaba paraísos a la medida de su imposibilidad y de su neurosis, porque allá nadie se tiraba en el pasto ni buscaba el aliento de lo verde. Porque casi todo era verde y esa era la arena de las alimañas, a nadie se le ocurría meterse en el dominio de los bichos y las víboras y la tierra que mancha la ropa y la llena de olores.

Por suerte dejé de hablar, le daba la espalda a la tierra y quería tener un rato de valentía para sentirla. Mi padre se recostó un poco más sobre el respaldo del banco de madera y acercó la punta de su pie para tocarme las costillas, me pareció que temblaba. Se quedó mirándome, todo lo que podía hacer era tratar de relajarme cada vez más para entregarme a la tierra por completo, era una carrera inútil contra los segundos: luchaba por estar tranquilo, con los ojos cerrados pero a la vez necesitaba mirarlo, que estuviéramos atados todo el tiempo, la punta de su pie en mis costillas. Mi padre acababa de nombrar el mundo para mí, acababa de hacerlo, de inaugurarlo, de ofrecérmelo y no pude estar ni un minuto en soledad con eso porque la cabeza se me disparaba en mil direcciones y todas te traían, todas te invocaban, todas querían que estuvieras ahí, participando, viéndome con mi padre, con el mundo nuevo recién habilitado para mí, para vos.

Me hubiera quedado echado ahí un buen rato más pero el frío de la tarde ganaba la batalla y el rocío bajaba lento e implacable, teníamos que volver al geriátrico, mi padre tenía que tomar su merienda y volver a enfrentarse a la tele, a sus compañeros de habitación. A mí la tristeza también empezaba a vencerme, teníamos que volver, me levanté, le di mi brazo y empezamos la ruta tranquila de regreso. Pude abrazarlo mucho, él volvió a decirme hijo y volvimos a reírnos cuando le saqué todas las capas de ropa con las que lo había vestido para nuestro safari helado. Lo dejé tomando el té con la bufanda puesta, no quiso que se la sacara, le di todos los besos que pude y volví a sentirle esa tibieza en fuga. Agradecí que no se hubiera quedado mirándome cuando me alejaba del salón comedor y enfilé para la puerta.

Salí a la calle y decidí caminar un rato más, no sentía nada, mi padre había nombrado el mundo para mí y yo no sentía nada. Seguí caminando, volví al pasto sembrado de flores de jacarandá, creo que estoy enamorado de vos, pensé, y esas palabras sonaron ridículas. Seguí caminando. Estoy enamorado de vos, dije, y me perdoné por toda la ridiculez de la que me había acusado, de la que siempre me acusaba, la ridiculez e incluso la fealdad con la que me perseguía para no dejarme tranquilo ni un minuto, para acorralarme todos los días de mi vida, salvo esos ratos en los que estábamos juntos y yo respiraba con la panza y vos te reías de mí porque te dabas cuenta de que me había detenido, que por fin se había disipado el cazador cruel que siempre se adelantaba y salía antes de que yo mismo me aventurara.

Volví caminando por el costadito de la cancha de bochas, muy despacio, necesitaba pasar cerca de los viejos, mirarlos, provocarme algo. Salí a un claro de la plaza, pasé por debajo de las moras y seguí la cinta de asfalto bajo las tipas que llovían sus flores amarillas sobre el lila de los jacarandás, llegué a la avenida.

Decidí retomar la marcha de vuelta a casa, paré para comprar dátiles y una botella de Glenlivet, en casa había un poco de pan, queso picante y ensalada de chauchas y papa y huevo. Una fiesta, dije. Me reí por segunda vez en esa tarde. Estaba cansado. Empecé a pensar cosas descaradas y las pupilas se me agrandaron porque la tarde menguaba veloz y hacía de la calle de mi casa un túnel perfecto por el que me deslizaba. Al llegar a la esquina volví a hablar: Estoy enamorado de vos.

David Bowie cantaba Hallo Spaceboy por los altoparlantes del planeta.

A veces estaba tan inquieto que no podía hacer nada, ni leer, ni proyectar salidas al cine a ver las películas que me interesaban, ni llamar a mi padre al geriátrico para saber cómo estaba, ni concentrarme en una sola cosa. Entonces consultaba en internet precios de pasajes a lugares que no tenían sentido para mí, calculaba al cambio a monedas estrafalarias, dírhams, dinares, rublos, wons, zlotys, buscaba precios de hoteles de mala muerte en ciudades opacas, información sobre lenguas muertas, tribus de Alaska y de Siberia, ponía el repeat en una canción que sonaba mil veces —recuerdo Fascinação de Elis, en una tarde en la que tomé demasiado whisky y me quedé dormido en una siesta imprevista de más de dos horas sobre el piso—, o me colgaba a ver láminas de libros de pintura, o apretaba el índice sin parar al siguiente blog que mezclara arte con pornografía indie, con música y flyers de fiestas en Berlín.

Cuando llegaba a casa temprano y todavía había claridad en el cielo me descalzaba y salía al balcón, a desbordar esa especie de devoción que me inundaba, un río manso en el que no podía nadar y me arrastraba sin remedio. Entonces me agarraba de la baranda con las dos manos y miraba el cielo que también se iba arrastrado sin remedio, sin resistencia, por el mismo río que al final traía la noche.

No sé cuál de esas veces empecé a pensar que tenía que salir, registrar la orilla, que debía concentrar la atención en las ramas que pudieran aparecer como socorro y ancla, empecé a pensar en que tal vez el río en el que me disolvía me estaba resultando peligrosamente cómodo.

Una de esas veces vi, en un balcón del edificio de enfrente, dos pisos más abajo, a una vieja que hablaba con un pájaro.

Durante todo el domingo no te dije nada y estuve un poco más callado que de costumbre. Te encantaba cuando estaba en silencio y el silencio era una zona que visitábamos con frecuencia, con delectación, ahora creo que con una valoración exagerada. Es increíble lo sexy que puede ser la desesperación, el no saber para nada qué será lo próximo, qué ley de la Física corresponde a los actos irresponsables, a la osadía que a veces uno se empeña en sostener más allá del fogonazo del primer impulso. Es increíble lo sexy que pueden ser la desesperación y el silencio, esa manera de estar en que los dos nos admirábamos, capaces de sostener la coreografía sin interrumpirla con palabras. A veces estábamos en el mismo cuarto y no sé por qué la imagen se me arma con nuestros cuerpos vestidos con camisas blancas, impecables y desarregladas, como lienzos nobles y desprolijos sobre nuestra desnudez, tomando café y manipulando las hojas enormes de diarios que ya no existían por entonces. Estábamos así, juntos en el mismo accidente geográfico y enmudecidos, no había entre nosotros la prohibición de hablar, no había interdicción, pero lo único que tácitamente acordábamos en decir eran las cosas triviales. Lo único que nos decíamos eran las necesidades surgidas del momento, las cosas referidas a la comida, a la bebida, el diseño oral de una arquitectura que asegurara el almuerzo y que incluyera quién hacía las compras, quién cocinaba, quién se dedicaba a leer en voz alta a Marco Aurelio o a Figueroa, o a hablar de las ilustraciones de Maurice de Becque, de todas las muestras de arte que nos estábamos perdiendo.

El secreto de los huevos revueltos es una buena sartén, hierro si fuera posible, y echar la manteca fría junto con los huevos frescos, que mientras coagulan las claras y las yemas se desbordan, la manteca se vaya disolviendo como la trementina en el óleo, amablemente revueltos con una cuchara de madera de terminación recta hasta que sea el momento de la pimienta negra recién molida, de los cristales de sal, eventualmente unas puntas de cebollín. El secreto es la textura, el textil secreto que se teje y se desteje, la lectura en voz alta de la voz en segunda, dirigida como un terciopelo que envuelve novedades que vienen para ser recordadas, confirmadas como territorios que el cotidiano nos había despojado. El secreto es la lectura en voz mesuradamente alta desde el living para el que está en la cocina atendiendo los secretos de la casa, la construcción de los platos, del desayuno tardío de media mañana, dos horas largas después del mate amargo.

Pero ese domingo particular no hablamos mucho, o yo no hablé nada, o hablé muy poco y me escudé en nuestra devoción a no decir nada para pasar como un contrabando escandaloso la novedad de mi semana, la novedad de mi mes, de mi año, la novedad de mi vida. De ese domingo no recuerdo demasiado, aunque si precisara tal vez debería decir que de ese domingo recuerdo todo, que tomé tres vasos grandes de agua, en sorbos continuados que administraba recién cuando me llegaban a la garganta, siempre a punto de ahogarme, disfrutando como loco de ese arroyo cristalino que se metía en mí como en una cueva oscura. Pero no te recuerdo a vos, ni a nosotros, nada, no tengo nada de ese domingo que pasamos juntos entre los domingos. Recuerdo la desolación cuando llegaba la hora en que te ibas, la hora en que nos separábamos para que vos volvieras a tu vida y yo enfrentara las jornadas hasta la semana próxima. Recuerdo esa desolación creciente y conocida, un desaliento del que a veces hablábamos y que compartíamos en los últimos minutos de estar juntos, esa pequeña siesta que tomábamos vestidos y en la que te ponías dulce y disponible, tan amoroso para mí, tan caballero. Recuerdo el beso en los labios apenas abríamos la puerta, nuestros besos de despedida eran cada uno una joya, algo que quedaba brillando por toda la semana y se iba esmerilando de a poco cuando pasaban los días. De todas las cosas que sé de mí no hay ninguna que no me genere una desconfianza atroz, un bisbiseo silencioso que me sale cínico de la boca, no daría fe de nada de lo que sé de mí. Pero besar a un hombre es todo lo que está bien. Y eso no me hace falta siquiera saberlo.

De ese domingo no me queda nada, pero después del beso en los labios, apenas abrimos la puerta, después del tintineo de tus llaves y verte entrar al ascensor como un pez que sortea las redes con un movimiento exacto, antes de volver a mí y quedarme solo, antes de cerrar la puerta del departamento, pude decirte, aunque ya estuvieras abriendo la del edificio en planta baja y ya estuvieras enfrentándote a la calle y acomodándote la ropa para volver a tu vida, de ese domingo que compartimos en silencio, casi en silencio, del domingo en que un torrente de tres vasos se encerró en mí como en una cueva oscura pude decirte, aunque no me escucharas, aunque ya no estuvieras ahí, pude decirte, en voz tan baja que ni siquiera yo pude escucharme: mi padre ha muerto; el miércoles, durante el atardecer, murió mi padre.

Hacerme a la mar, a enfrentar a los monstruos blancos, a conocer ciudades exóticas en las que las costumbres me resulten extrañas y desafiantes, que insulten mi idiosincrasia y muestren paradigmas infrahumanos. Hacerme a la mar como un viajero, abandonar todo, hacerme a la mar sin ninguna previsión de vuelta, empezar de cero en las Fiyi y contagiarme blenorragia, mirar extasiado a los delfines que cortan el agua y se adelantan a la proa para acompañar mi viaje de un millón de leguas. Hacerme a la mar y no terminar en una ciudad igual a todas las ciudades, cuando despunta el XXI y los viajes no existen más y los viajeros se quedaron todos en el siglo XIX y en los libros. Hacerme a la mar para comer casi lo mismo que como, para sacudirme la insensibilidad de la vida en una gran ciudad, para dejar atrás lo que me persigue y se arma por delante de mí como la escena insuperable porque parece que estoy seguro de que nunca otra vez.

Hacerme a la mar.

Solo si el departamento que alquile tiene wifi y la clave está a la vista.

Justo frente a la estación descubrí un local de comida china que prepara menús para llevar, elegí un magret de pato. Al lado del local hay un supermercado en el que compré una botellita de jugo de una fruta que nunca pude identificar, como una pera extraña, súper dulce y áspera, importada de Siria, con el marbete escrito en árabe y en alemán, había probado una el día anterior y quería tratar de identificar bien qué era para poder contar el suceso con alguna precisión, no pude. También compré un pack de Hefe, la cerveza de trigo, un Ritter blanco con avellanas, un pan lleno de semillas, un poco de queso y un pote grande de ese yogur lleno de grasa y sin esencias.

En la vereda del mismo supermercado está la frutería, llena de cajones con granadas y uvas de Italia y de Turquía, compré un racimo de cada una, las turcas más ampulosas, las italianas más abigarradas, compré tomates también, otro racimo. Los tomates acá tienen gusto, todo tiene gusto, o yo estoy más dispuesto y más concentrado en cada mordisco, en cada trago, en cada cosa que me pueda atar un poco los pies a la Tierra.

Ya estaba volviendo pero me tenté y ahí a la vuelta compré una bandeja de faláfel, el faláfel de esta ciudad es increíble, también me pedí un döner, desde que llegué almuerzo un döner todos los días, me estoy desquitando de lo difícil que es comer un buen shawarma en Buenos Aires.

Volví caminando al departamento en Bastianstrasse, algunas cuadras bajo la llovizna, en la esquina hay una peluquería para hombres, Wedding está lleno de peluquerías para hombres, en cada esquina pareciera haber una en la que los turcos se mantienen el pelo perfectamente recortado, siempre. Los mejores cortes de pelo de toda Berlín son de los turcos, eso está claro, una nación de mano de obra barata con el pelo tan prolijo como los obreros en la Buenos Aires de los 70.

Hasta ahora todo lo que hago es salir a caminar y a comprar comida. Mi lugar de referencia es Pankstrasse, la estación de subte a tres cuadras del departamento en Bastianstrasse, Wedding, Berlín.

Las primeras noches dormí bien, supongo que por el auxilio del alcohol y la intensidad de las caminatas diurnas. Y porque la curiosidad era un motor que construía con una voluntad un poco mentirosa, me obligaba a salir para no quedarme encerrado. El turismo cultural siempre me pareció de una vulgaridad idiota, los museos nunca me resultaron una opción atractiva y más bien rechazaba la idea de deslumbrarme con los íconos de lo que por afinidad y por clase ya conocía —¡ay, no quiero morirme sin estar alguna vez frente a la Mona Lisa!—, quedarme dentro del departamento todo el día era peligroso, no tenía sentido.

Berlín estaba ahí, lista para que yo la descubriera, incluso cuando llegué dos décadas después de que la ciudad había dejado de existir pobre y sexy como había sido, según un alemán de la revista *Butt* con el que había estado chateando desde que decidí venir. Un poco antes de viajar, caminando también, decidí separarme de Buenos Aires mientras cruzaba Once en diagonal, después de un baño de sol de unos minutos en la esquina de Catamarca y Belgrano.

Berlín es un bosque: puro cemento cruzado de parques enormes, de parcelas de verde como corredores salvajes en los que apenas entraba el ruido desaparecía completamente, un bosque cruzado de arroyos por los que navegan cisnes a los que seguía pensando cómo sería una existencia sin lenguaje, sin pretensión, sin ingenuidad, sin la trampa de querer relatarlo todo.

Nos conocimos una vez, tus pies parecían apuntar para el lado contrario del destino, estuvimos juntos unos cuantos domingos apoyados en la baranda del balcón, sonriendo hasta el dolor de las mejillas, con los ojos navegando las copas de los árboles, juntos en el aire, suspendidos, inyectándonos la sangre del alcohol del vino compartido y un intensísimo y sexy bla, bla, bla.

Caminar por el bosque me hacía bien. Pero Berlín es la promesa de revolución, y Berlín es la masacre. Ahora parece un bosque baleado. Una noche, por las luces rasantes de un auto que se metía en uno de los caminos del Tiergarten, vi un hato de más de una docena de conejos salvajes que atravesaban el parque. Berlín es un bosque que palpita mudo su propio horror, el horror de los aliados, el horror de la reconstrucción por los cuerpos de segunda, esos del imperio en desgracia donde se encuentra Asia con Europa.

¿Nosotros para qué nos encontramos?

Llegué hace un par de semanas, unos días atrás Tatiana golpeó mi ventana desde la suya, su departamento está pegado al mío, me dijo que me dejara libre la noche del domingo, que iba a hacer una reunión para presentarme a sus amigos, que quién sabe, tal vez conocía a alguien.

—¿Cómo se dice domingo? —le pregunté estirándome para poder verla. Ella parecía una sirena que salía a la superficie desde la ventana de su casa, el torso completo afuera, un toallón envolviéndola como un capullo, el pelo mojado y negro, larguísimo, su novio que la reclamaba desde atrás, una voz insistente, invisible.

Nos encontramos en su casa para comer empanadas los europeos y currywurst los latinos, había unas colombianas, un hindú —el pobre no tenía menú de intercambio—, un brasileño y un inglés que llegó con una campera de color rubí. Todos amigos de Tamara y Tatiana, las dueñas del departamento "cozy one room in Wedding" que alquilé desde Buenos Aires, unas actrices argentinas que viven en el mismo edificio, un edificio de tres cuerpos con departamentos de uno y dos ambientes y un patio lleno de plantas y de bicicletas amontonadas contra las paredes y a la intemperie bajo una llovizna que hace días que no para.

Las colombianas, el brasileño y el inglés parecían conocerse, todos viven y trabajan en Berlín hace mucho, Tatiana le daba besos al indio, yo hablé bastante con Tamara, desconcentrado, distraído, mi estado natural desde hace un tiempo. Cada tanto miraba al inglés.

Las chicas nos llevaron al Bauernstübchen, un berliner kneipe, la cervecería de la cuadra, estaba ahí y por un momento tuve la ilusión de que no era un turista, de que no era yo, que no estaba en viaje para sacudirme la historia en la que vivimos durante algún tiempo, tuve la ilusión de que viajaba suelto, sin esas escenas de domingo por las que deambulamos vos y yo con la ilusión de que nos hacíamos a la mar, que no éramos turistas.

A poco de llegar, hace años y supongo que porque las vieron solas, Tatiana y Tamara se hicieron amigas de Siggi und Peter, el matrimonio dueño de la cervecería. Cuando entramos miraron al grupo con un poco de aprehensión pero las chicas nos presentaron y ellos nos dieron una bienvenida de la que no entendí una sola palabra, era clara la amabilidad hosca y barriobajera de cervecería a la que no entran los turistas, en la que se reúnen a beber los berlineses que no quieren mezclarse. Era como estar en una película de Fassbinder, todo era pequeño y demodé, dorado pero opaco, nadie se movía demasiado, el ambiente era de una calidez extraña, como si en cualquier momento pudieran aparecer desde la puerta de atrás, la puerta que da a las entrañas de la cuadra, Petra von Kant y su séquito de doñas.

Me hubiese quedado sentado en uno de los taburetes rojos de la barra mirándola, los collares de perlas larguísimos, de tres vueltas, la peluca de ondas amplias y llena de spray, el vestido color piel, de breteles finos que le cruzan la espalda, delgadísima y exagerada. Me hubiera quedado entre los trastos brillantes del otro lado de la barra nada más para verla, para escuchar su endecha germana, la amargura de su soledad cercada de fieles que echan sus linces para que ella los pise, infatuados de amor, devotos, humillados.

Me hubiera quedado para verla, convertido en la Sidonie que soy, callado, al margen, sin reclamar nada, por el solo derecho de estar, de dormir en el mismo cuarto que su Fassbinder, aunque sea en el piso, junto a la cama en la que él se hace garchar y de la que cada tanto se asoma para burlarse de mí, para escupirme.

Tamara y Tatiana viven en Bastianstrasse, yo estoy viviendo en Bastianstrasse, al lado de la cervecería por la que las chicas pasan cada noche aunque sea a saludar a Siggi und Peter, una especie de protectores nocturnos con los que aprendieron el alemán que hablan y con los que toman cerveza hasta que suena la campana porque cualquiera que esté dispuesto al brindis compartido la toca y paga la ronda de Kuemmerling. Cuando suena la campana que anuncia el brindis, una especie de recordatorio comunitario que interrumpe las conversaciones privadas, todos paran y festejan, entonces Siggi saca de abajo del mostrador tantas botellitas como clientes haya. La primera de las tres veces que sonó la campana quise entender antes de que me explicaran y no hubo caso, mi Sidonie no pudo permanecer callada y adorando, tuve que preguntar de qué se trataba todo eso y escuchar un brindis teutón y alegrarme por el momento compartido y abrir mi botellita y tomarme todo el líquido y aprovechar para mirar al inglés que se divertía con el brasileño y las colombianas.

No estaba mal, después de una cuantas cervezas y tres campanadas me dispuse a mirar con alguna insistencia la campera color rubí del inglés y Sidonie se escondió por un buen rato.

No sé cuántas Hefe destapamos, pero escuchaba mi risa en medio del grupo y me asombraba de estar participando tan animadamente, mirando al inglés con descaro, entablando disputas con los vegetarianos de la mesa, discusiones en las que arremetía lleno de impiedad, apasionado, al grito de el fordismo es muerte y en las que de a poco me iba desvitalizando porque comprendía que mis argumentos era idiotas y mi actitud absurda, que no me importaba nada el menú de nadie, ni el mío propio, que lo que quería era que el inglés me sonriera como me sonreía, que se riera de mi vehemencia pero que no se espantara. La idea de abordarlo directamente me llenaba de pereza y proyectar una estrategia para eso me resultaba inverosímil, acostumbrado a la interminable histeria porteña, ir a encararlo me daba miedo, pero un hombre como yo, un hombre que no sabe llorar, arruinado por el amor romántico, dañado por la seguridad de no volver a verte, necesitaba esa conquista.

Se hizo tarde y en un momento dejamos la cervecería y volvimos al departamento de Tatiana para buscar las cosas que habíamos dejado, subimos los tres pisos por escalera en silencio para no molestar a los vecinos, un conjunto de cuerpos que parecían resbalarse unos en otros y que pisaban suave y lento para no errar al escalón, para no perder a ninguno del grupo. Alguien propuso una cerveza más, quedarnos un rato en el departamento, la propuesta se disolvió y cada uno recogió sus cosas, saludamos a Tatiana y a Tamara y volvimos a bajar la escalera para irnos, un poco más resueltos, los cuerpos menos enamorados del momento, más autónomos. Yo solamente tenía que irme a otro cuerpo del edificio, cambiar de cuerpo era algo que de verdad necesitaba y a esa altura de la noche la conquista parecía diluida en una especie de desencanto. Bajé con todos a la vereda, hacía frío, el inglés se levantaba el cuello de la campera y se dio vuelta para mirarme, se acercó un poco más y me preguntó hasta cuándo me quedaba.

Sonreí y le contesté que dependía de cómo se pusieran las cosas de interesantes, que en realidad quería estar por ahí un buen rato, que quizás me quedara para siempre; mi borrachera ya era un león tranquilo, capaz de sonreír mirándolo a los ojos y sin expectativas, dispuesto. El inglés tenía la cara encendida por la luz de su campera, él también sonrió, un poco más espléndido, claro; tengo sueño y mañana trabajo todo el día pero me gustaría verte, dijo en la vereda de Bastianstrasse durante las primeras horas de un lunes nocturno y frío.

Surrender, contesté mirándolo de frente y tuve que estarme muy pegado a la escena para que los ojos no se me inundaran.

Es una tarde muy fría. La más fría del año. El sol irradia en un fondo azul, una cúpula que parece de cristal, una cúpula perfecta como las que pierden sus tejas de pizarra en la Balvanera de la desidia, lejanas y anacrónicas, o demasiado apegadas a su esplendor del 20, navegando el cielo porteño como vigías del buen gusto.

Es una tarde fría. La más fría del año. El cielo es un campo brillante, interminable y vacío como este departamento, como este balcón desde el que nos montábamos a la deriva del domingo, silenciosos, sueltos y abrazados, con la vista suspendida en los paraísos.

Es fría la tarde y todo brilla, si no aprovecho el envión de la belleza me voy a quedar adentro para siempre, triste para siempre. Abajo en la esquina dobla un auto rojo, la claridad de la hora lo hace relucir tranquilo, como una nave perfecta que se mete en la calle, la imagen se presenta perfectamente recortada y generosa, una inyección de amabilidad y desapego que agradecí antes de salir, por fortuna alcancé a ver.

Tengo que salir. Caminar la Buenos Aires modesta que resiste mientras suelta sus tejas y sus fachadas se deshacen en la marea que avanza.

Lo que fue. Lo que es. La calle. La calle. La calle. El territorio de todas las conquistas.

El sol en las mejillas, lo demás en un harapo que envuelve, el mínimo confort para salir ahora, con las manos adentro de la campera que más abriga, la luz rubí, caminar para terminar de escribir lo que debe ser escrito.

La soledad es la ilusión de algunos mamíferos.

La calle como el océano donde empezó todo, en la esquina del teatro en la que tus pies intentaban alejarse. La calle como el vertedero donde toda la forma se licua, donde todo termina.

Insistías en preguntarme dónde había sido mi primera vez, tan heterosexual, tan morboso. ¿La primera vez de qué? ¿La primera vez del terror?

Café bar El Paulista, Corrientes y Pueyrredón, la falsa esquina de Baldomero y su anhelo de flores en balcones secos. Café bar El Paulista.

¿Por qué entré esa vez a descubrir el amor oscuro, cómo supe, cómo se saben las cosas que no se enseñan y ni siquiera se sospechan? En todo caso ahí tuve mi propia universidad de las catacumbas, un seminario en el que aprendí la coreografía de gestos imperceptibles entre los varones que se dirigen simulando banalidad a la puerta que dice *caballeros*, la puesta de una escena grave de la que el cuerpo reconoce casi ciego las acotaciones secretas del autor.

Corrientes y Pueyrredón, café bar El Paulista. Bolitas de naftalina y orín. Tubos fluorescentes. No sabía nada pero ahí, muy joven, empecé mi temporada de sexo, un maratón del encuentro a tientas con los cuerpos para el que no me había entrenado.

Iba atraído por un magnetismo que no podía controlar y me lanzaba a lo oscuro, al reconocimiento de una familiaridad que a la vez desconocía y me impulsaba a desplegar las artes de un amor inhóspito. Iba hasta la lidia con los canas de civil que salían a cazar putitos, entonces a correr con los banderines puestos, clavados en el lomo, goteando. Aunque en la reconstrucción del recuerdo aparezcan imágenes llenas de textura y pudiera hacerse una instalación de arte moderno en esas escenografías, no había nada pop en la desesperación y en la angustia de ese recorrido: de la penumbra confusa del sexo entre mingitorios salía a la luz plena del barrio de las sinagogas y los mayoristas, la parafernalia de signos argentinos, la desigualdad, la brutalidad, el Poxiran, la fritanga, los bondis, la transa, el Sarmiento, un tren con terminal en la tradición de la historia, una nación de excluidos.

Corrientes y Pueyrredón. Café bar El Paulista. La primera vez de un culo imponente, de piel suavísima y morena, en el ritmo frenético del encuentro en los baños, todo apuradísimo pero en la cámara lenta del deseo que puede conformarse apenas cuando el pantalón se baja solo un poco y las rodillas se flexionan solo un poco y las nalgas se abren solamente un poco. Había que ser veloz aunque uno estuviera completamente enamorado de ese arqueo, completamente fascinado por esa espalda que tal vez había estado todo el día trabajando y se abría en medio del cierre de jornada, entre el colectivo y el tren para volver a la casa.

El amor es la ilusión de algunos mamíferos.

Cruzar Once y salir vivo, el Once que en algunas calles se queda quieto, una vida que pulsa pero no se manifiesta, la Balvanera del art nouveau como estandartes de una sofisticación incomprensible. Cruzar Once y salir vivo, cruzar el gran urinal del continente.

Si no aprovecho este sol en la tarde fría, la luz regia del rubí mientras camino, no voy a poder terminar la ficción.

Hace frío en la calle Catamarca y el sol casi no entra a este pasillo angosto, sigo a buena marcha y cruzo Venezuela, por entre las hojas de los fresnos se cuelan algunos rayos como espadas láser, como si en esa cuadra viviera la princesa Leia. Yo camino, voy directo a ese manchón de día estampado en la esquina de Belgrano, me quedo ahí unos instantes, girando despacio para acumular calor en las piernas y en los brazos, para ver de cerca a la gente de este barrio con santuarios de siglo derruido y colchones sucios en los que duermen cuerpos que no pertenecen a ningún Estado, cuerpos liberados de la historia común, echados a la sequedad mortal del cosmos, fuera, lejos de la memoria del cachorro, la realidad de algunos mamíferos.

Es una tarde fría, el sol brilla en el fondo del cielo. Cruzo Once en diagonal para sacármelo de encima, atravieso las cuadras y las medianeras, atravieso las casas de la gente y las historias de cada pensión, de cada hotel de pasajeros, atravieso a la misma gente, atravieso todos los cuerpos para sacudirme, para sacárteme de encima. La liviandad es la ilusión de los mamíferos.

Camino como un loco sobre veredas estalladas por cuadrillas que no arreglan nada, desde la radio de un taller mecánico con autos desguazados llega la voz de Sandra que me vuelve, la voz humana me vuelve, esa canción que fue santo y seña cuando no había nada.

Dejo mis poderes extraordinarios, dejo de atravesar paredes. Sigo caminando. Voy a salir de Once, es la tarde más fría del año, no hay mucho más que pueda hacer por ahora.

Línea B, estación Ángel Gallardo, últimos trenes de la noche, me voy al centro como un compadrito a ver qué pinta, el andén está casi vacío, una chica le muestra algo en su celular a otra y las dos se ríen, un viejo se para casi en el borde, es muy alto y flaco y lleva una carpeta de cartón negro, enorme, cruzada de cintas negras con nudos, parece que se balanceara, se retrae y vuelve, ¿se irá a tirar? Una señora con un par de bolsas que explotan camina como un pato lastimado y se sienta en uno de los bancos antes del final del andén, detrás tiene un mosaico gigante que reproduce un cuadro de Marcia Schvartz. La sigo, sigo un poco más y yo también me siento pero en el último banco, un banco en la zona Siberia de la estación, cerca de la boca del túnel.

Llega un tren de enfrente, el que va para Chacarita, verlo aparecer y ver cuando sale de cuadro todavía me resulta una imagen digna de cuando existía el cine y no las meras películas. Es una imagen que tiene viento extático y que tal vez por la hora me parece que repite signos de todos los trenes subterráneos y sobre tierra, de todas las despedidas y todas las llegadas, las locomotoras y los vagones de todo tipo y a todos los destinos a los que alguna vez llegaron los trenes.

Unos instantes después de que el andén queda vacío empiezan a entrar cuerpos a la escena, desde la abertura del medio llegan y se ubican en los bancos o se quedan parados mirando hacia el hueco por el que va a llegar el próximo, un futuro por venir y previsible, un futuro de cumplimiento casi seguro que llega desde un hueco.

Una mujer avanza hasta el banco que está frente donde estoy sentado y desde donde miro, mi tren tarda, a esta hora la frecuencia para el centro es espaciada. Si alguna vez venís a Buenos Aires, intento un texto para el inglés de Berlín, me arrepiento y lo empiezo otra vez y otras veces hasta que al final lo borro.

Miro a la mujer que está sentada enfrente y ella me mira, no sé si es muy linda pero así sentada y sin moverse demasiado despliega una sensualidad poderosa. Nos miramos, yo la miro, la mujer me mira, nuestros ojos se extienden sobre las vías, los dos esperamos sentados para ir en direcciones contrarias. Desde esta distancia es imposible saber si nos miramos a los ojos. Es. No es. Mi cuerpo entiende antes que yo: nos estamos mirando, pierdo un poco de tono, me acomodo sobre el banco, trato de que mis movimientos sean rigurosos para no interferir ese momento con nada. La mano derecha desobedece y hace un gesto mínimo que desbarato apenas percibo, es tarde, la mano habló, dijo en una media lengua confusa: es tarde. Es difícil que pueda ver desde acá, ella responde con la mirada fija, también un poco más laxa, más abierta, mueve suavemente la cabeza, una especie de sacudón amable que le acomoda el pelo a los costados de la cara y la deja más expuesta para mí, más visible, ese es un idioma elocuente, un idioma que le admiro. Una lengua que no tengo manera de traducir.

Si hubiera sido, si mi lenguaje de señas hubiera funcionado mi mano habría dicho: al final me quedé con tu libro que no se consigue, me quedé con Habitaciones, qué destino. Lo voy a tener conmigo, voy a quedármelo.

No soy un oficinista.

No voy a aprovechar mi hora de almuerzo al sol, al aire libre, ni voy a abrir un táper para comer esa porción de tarta que fue promesa modesta durante la mañana de trabajo.

No soy un oficinista, me voy a sentar acá, en esta escalinata, voy a apoyar la mochila al lado de los pies, en el escalón de abajo, en medio de las manchas de verdín y el gris del adoquinado de estos escalones que fugan hacia las salidas de esta plaza seca.

No soy un oficinista, me voy a sentar acá, en esta escalinata, voy a abrir el táper que traje en la mochila, voy a comer la última porción de una tarta que preparé hace pocos días con esta estratagema: voy hacer una tarta y voy a comerla pronto para que quede solo una porción, entonces voy a cargar en la mochila un par de libros extra, voy a sentarme en esa escalinata y voy a almorzar como un oficinista en su hora de almuerzo al aire libre, en medio de otros oficinistas y otros almuerzos, en medio de vasos de café y de charlas animadas.

Voy a sacar del táper la última porción de tarta y la voy a comer minucioso, solo conmigo, sentado en esta escalinata frente al espléndido mural rugoso, caños y planchas de metal y perfiles de color opaco.

Voy a comer en silencio frente a esa arqueología porteña y casi secreta, en este patio casual con entrada por Esmeralda y entrada por Rivadavia, con salida por calle y por avenida, en este accidente oculto, oasis melancólico para administrativos.

Voy a comer la última porción de la tarta que preparé para almorzar acá, en un día cualquiera en la semana y después de este almuerzo supongo que no voy a comer más de ninguna tarta, así como una vez me contaste que dejaste de beber durante el tiempo en que no nos vimos, dos meses de distancia en esos años porque parecía imposible continuar lo nuestro, dos meses de abstinencia de nosotros porque el tinto, dijiste mirando al piso, lleno de pudor y aliviado por el reencuentro, era conmigo. Y era en silencio. Y nada de eso podía reponerse en los sesenta días de esos años en los que quedé abrazado a la soledad.

¿Entonces nosotros habíamos vuelto para no dejar el vino, para que vos no perdieras la relación dulce y respetuosa con la copa que se llena y se vacía? ¿Habíamos vuelto para estar en silencio nosotros?

Voy a almorzar acá como si fuera un almuerzo habitual, el almuerzo ficcional en medio del naturalismo en la que hunden a Buenos Aires como a una piedra gris, a un continuo de concreto agrietado al que cada tanto le sale un brote de palán-palán, algo que no supieron cómo anegar, cómo derruir, algo que no pudieron desaparecer, una terraza como esta, a la que vienen a guarecerse los que le dan su fuerza de trabajo y su tiempo a los bancos, a las oficinas públicas, los que vienen a leer, los que vienen a deshacerse del día a la intemperie y a arroparse para pasar la noche, los que vienen a estar entre palomas amaestradas por la angurria de las migas de pan de los sánguches de milanesa de los kioscos que ofrecen el tentempié barato, una chatarra pobre y al paso para trabajadores, un almuerzo al gusto nacional.

Venir a leer a esta plaza también fue parte del plan original, uno de esos planes que con el tiempo y la soledad de la nueva perspectiva se carga de ideas sobre lo que pudo haber sido, algo a lo que le falta ficción y por eso no termina, se deshace indolente como si nunca hubiera sido escrito. Porque le faltó ficción y por eso no termina.

Me voy a sentar acá y voy a leer un rato.

Después voy a almorzar solo, frente a vos, en esta plaza.

Salgo por Esmeralda y camino en dirección a la avenida Corrientes, voy dispuesto a andar tranquilo un buen rato, podría caminar así hasta alcanzar al destino y seguir. Después de unas cuantas cuadras llego a la parada del colectivo y me pongo en la fila sin pensar, hay bastante gente acá esperando, no tengo nada de ansiedad porque ahora todo me parece cierto. Tal vez no esté alegre, aunque no hay ninguna melancolía para mí en este instante en la ciudad romántica y violenta, tal vez esté triste pero aguardo paciente el colectivo y no espero nada particular de mí, pude caminar un rato, pude dejar el táper vacío arriba de un alféizar y olvidarlo ahí.

Tal vez sea demasiado pronto para dejar de hablarte o quizá tenga que esperar el sortilegio de mis rituales de ficción, tal vez el final se construya remoto y fuera de todas mis posibilidades de alcance. Estar con vos también es la ciudad agnóstica que construí por devoción en medio de un desierto, toda cuadrícula es la forma de una devoción, detenerse en un lugar y obligarse a la misma perspectiva por un buen tiempo, hasta que la ciudad arda sitiada, hasta morir en ella, hasta que ahí ya no quede nada y haya que echarse otra vez a la ruta.

Pero ahora llega el colectivo, El 146 tal vez sea la

mejor canción de Virus. El 146 y su relato desde el estribo, esa sensualidad capaz de irse en bondi y de atravesar, ellos también, la voz de Federico también, también esa canción, toda la ciudad.

De Buenos Aires estoy hablando, de Buenos Aires es todo de lo que puedo hablar.

El camino ahora es cruzar en bondi la 9 de Julio de los palos borrachos y entrar de lleno a la locura porteña, por suerte voy parado y hay bastante gente en el colectivo, eso es la suficiente incomodidad para poder quejarme de todas las tonterías que se me ocurran. Vuelvo a mi casa y canto mi versión de El 146 entre dientes, solo para bailar por dentro todo el rato que dure este trayecto, canto la versión que puedo y estoy seguro de que sin saber hago variaciones a la letra. Canto eso y también improviso mi propia letra sobre esa música, una especie de scat vergonzante del que por suerte nadie se entera y tiene partes en las que te insulto y otras en las que me quedo en silencio, bailando en medio de la fiesta. Bailando para siempre en medio de la fiesta.

Qué fuertes sus caderas / parece que hacen señas / si conmigo vinieras / cosquillas y jadeos / Monotemático.

Ahora voy a volver al departamento, a estar un rato en el balcón y a tomar lo que quede del Glenlivet, voy a dejar que los ojos deambulen sobre la copa florecida de ibirá pitá que le regala una segunda primavera a la cuadra de mi casa y que por suerte algún vecino atrevido plantó hace años fuera de toda previsión municipal, de toda norma.

Voy a mirar los edificios que obturan el horizonte y voy a hacer las paces con los vecinos lejanos que van por sus departamentos preparando el día próximo y arrastrándose hasta el sofá para ver la tele.

Voy a volver a la casa que visitaste los domingos de los últimos milenios y voy a recordar cuando los dinosaurios vivían y alimentábamos a los más pequeños con manojos de hierba muy fresca.

Voy a mirar al mundo después del meteorito y voy a acercarme a esa roca venida desde el cielo para limarla un poco, para llevarme en un frasco de vidrio con tapón de corcho limaduras de *ferrum sidereum* para inhalar de ese polvo cuando te extrañe mucho.

Voy a volver a mi balcón, al departamento de dos ambientes en el que hubo ramalazos de otro siglo y ocurrió la desaparición total de periódicos y la visita de un muchacho de siete años y varones que se vieron una vez y para siempre.

Voy a salir al balcón para hacer acopio del amarillo de las flores del ibirá pitá y voy a mirar al azul del cielo para tener un verde nuevo para mí, uno menos seco. Voy a tomar whisky en sorbos largos como un río y voy a dejar que se me suba lento a los ojos y desborde, entonces voy a cantar muy bajo que tu mirada se clavó en mis ojos y mi sonrisa se instaló en mi cara, voy a guardar una estampita de Sandra en el bolsillo interno de todos los abrigos que pude robarte. Voy a mirar al sol del atardecer fijo y de frente como si mirara al último león de una manada que atravesó la Historia.

Voy a estar en la marea fabulosa del balcón, en la deriva amable del balcón que habitamos los domingos. Voy a quedarme un rato en el balcón, solo, eso no tiene nada de triste. Voy a envejecer con un hombre.

MAPA DE LAS LENGUAS UN MAPA SIN FRONTERAS 2020

LITERATURA RANDOM HOUSE
La perra
Pilar Quintana

LITERATURA RANDOM HOUSE
Voyager
Nona Fernández

LITERATURA RANDOM HOUSE
Laberinto
Eduardo Antonio Parra

ALFAGUARA
Cadáver exquisito
Agustina Bazterrica

LITERATURA RANDOM HOUSE
Los años invisibles
Rodrigo Hasbún

LITERATURA RANDOM HOUSE
La ilusión de los mamíferos
Julián López

LITERATURA RANDOM HOUSE
Mil de fiebre
Juan Andrés Ferreira

LITERATURA RANDOM HOUSE
Adiós a la revolución
Francisco Ángeles

ALFAGUARA
Toda la soledad del centro de la Tierra
Luis Jorge Boone

ALFAGUARA
Madrugada
Gustavo Rodríguez

LITERATURA RANDOM HOUSE
Un corazón demasiado grande
Eider Rodríguez

ALFAGUARA
Malaherba
Manuel Jabois